LE

BARBIER CHATELAIN,

OU

LA LOTERIE DE FRANCFORT,

COMÉDIE-VAUDEVILLE EN TROIS ACTES,

PAR MM. THÉAULON ET TH. ANNE;

Représentée, pour la première fois, à Paris, sur le Théâtre des Nouveautés, le 7 février 1828.

PARIS,
CHEZ J.-N. BARBA, ÉDITEUR,
COUR DES FONTAINES, N° 7;
ET AU MAGASIN DES PIÈCES DE THÉATRE,
PALAIS-ROYAL, RUE SAINT-HONORÉ, No 210,
près le Théâtre-Français.

1828.

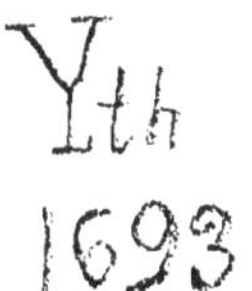

PERSONNAGES.	ACTEURS.
CRÉPIGNAC, perruquier gascon......	M. PHILIPPE.
FRÉDÉRIC D'OMSBERG, colonel bavarois.	M. DERVAL.
ORPHÉLIE, veuve................	Mme BEAUPRÉ.
PÉTERS, concierge du château.......	M. BOUFFÉ.
FLORA, fiancée de Péters............	Mme GÉNOT.
LE BAILLI de la baronnie d'Omsberg..	M. ÉMILE.
LOUISE, femme-de-chambre de la comtesse..........................	Mlle JOSÉPHINE.
Vassaux, Valets, Gardes, Barbiers de la baronnie.	

La Scène se passe en Allemagne, non loin des bords du Rhin.

Vu au Ministère de l'Intérieur, conformément à la décision de son Excellence en date de ce jour.

Paris, le 18 janvier 1828.

Le Chef du Bureau des Théâtres,
COUPART.

IMPRIMERIE DE DAVID,
BOULEVART POISSONNIÈRE, N. 6.

LE BARBIER CHATELAIN,

COMÉDIE-VAUDEVILLE EN TROIS ACTES.

ACTE PREMIER.

Le théâtre représente, à droite du spectateur, l'entrée d'un très-beau château; à gauche, un banc et quelques arbres; au fond un paysage.

SCENE PREMIÈRE.

FRÉDÉRIC, *en colonel bavarois, à la cantonnade.*

Blitmann!.. conduisez mes chevaux au prochain village... et attendez-moi dans la meilleure auberge.. je vous rejoindrai dans quelques heures! (*venant en scène.*) Je ne veux point passer dans cette contrée sans visiter le château de mes pères. (*Il se retourne.*) le voilà!. comme mon cœur palpite à sa vue! oui... c'est bien lui... je reconnais ses gothiques tourelles... et ces remparts qui virent les jours de mon enfance.

AIR : *Ce que j'éprouve en vous voyant.*

Salut, ô séjour glorieux
Où sous leurs bannières sacrées,
Dans trente combats illustrées,
Reposent mes nobles aïeux!
Des larmes coulent de mes yeux...
Hélas! combien sur cette terre
Notre bonheur est passager!
Combien le sort aime à changer!
Près de la tombe de ma mère,
Je ne suis plus qu'un étranger!

Que de souvenirs ces murs me rappellent... c'est ici que mon père me donna par son exemple les premières leçons de la gloire et de l'honneur.. c'est ici que ma perfide cousine!.. et je n'ose pénétrer dans cette enceinte révérée...

Sans doute, le comte de Linsbourg, ce parent avide et cruel qui s'est enrichi des biens de ma famille, habite encore ce domaine... et je dois éviter sa présence... car je ne pourrais retenir ma juste indignation!.. je voudrais bien cependant avoir quelques renseignemens sur les derniers momens de mon père!.. hélas!.. son fils n'était point là pour lui fermer les yeux.

(Il s'approche de la grille.)

SCENE II.

FRÉDÉRIC, PÉTERS *arrivant par la droite; il va vers la grille et s'arrête en voyant Frédéric.*

PÉTERS.

Tiens.. que fait là, cet officier bavarois?.. pardon, mon colonel, si... mais... mille trompettes... qu'est-ce que je vois donc là?.. M. Frédéric d'Omsberg!.. mon ancien chef d'escadron.

FRÉDÉRIC.

Eh quoi!.. Péters... c'est vous?

PÉTERS.

Oui, mon colonel, c'est moi.. c'est votre ancien trompétte... celui qui a sonné toutes vos fanfares de victoires quand nous étions au service de la France!

FRÉDÉRIC.

Ah! mon cher Péters... quel temps me rappèles-tu?..

PÉTERS.

Dame, c'était le bon temps, car nous nous battions... Mgr. le baron d'Omsberg, prince régnant des bords du Rhin, devait fournir à la grande armée quatre hommes pour son contingent... et le sort me désigna justement la même année que vous reçûtes votre brevet de capitaine dans les gardes d'honneur... Fûtes-vous content ce jour-là... et comme vous étiez fier de montrer votre uniforme à votre jolie cousine!..

FRÉDÉRIC.

Malheureux!.. quels souvenirs!

PÉTERS.

Ah! pardon... pardon, mon colonel.. je ne pensais plus aux événemens qui suivirent ce beau jour... Votre cousine mariée à un autre.... le domaine de vos ancêtres devenu la possession d'un parent intéresssé... La mort inattendue de M. le baron votre père... en effet... vous n'avez pas été heureux.

FRÉDÉRIC.

Et toi, Péters!... que fais-tu maintenant?..

PÉTERS.

Moi!.. je suis, depuis trois jours, le concierge provisoire du château d'Omsberg?

FRÉDÉRIC.

Quoi, Péters!.. vous seriez au service du comte de Linsbourg... cet infâme seigneur!

PÉTERS.

Le comte de Linsbourg n'est plus le maître de ce château; la justice est venue l'arrêter il y a environ six mois, et depuis on n'en a plus entendu parler. On le disait accusé de haute trahison.

FRÉDÉRIC.

Je ne reviens pas de ma surprise!.. Et le château, Péters!.. le château?..

PÉTERS.

Ah! voici la partie divertissante de cette histoire!.. les créanciers de M. le Comte en apprenant son arrestation, se sont emparés de tous ses biens ou du moins de tous ceux qui étaient censés lui appartenir... pour tirer un meilleur parti de la baronnie d'Omsberg, on l'a mise en loterie par les soins de ce fameux banquier de Francfort-sur-le-Mein qui ne fait que ce commerce là. Le tirage de la loterie a eu lieu il y a un mois environ... et la noble baronie d'Omsberg, avec toutes ses dépendances, a été gagnée.. par qui?. par un perruquier de Strasbourg!..

FRÉDÉRIC.

Quoi?.. ce beau domaine... cette antique demeure des princes d'Omsberg... ces murs qui virent une si longue succession d'hommes illustrés par leur courage tomberaient entre les mains d'un obscur perruquier...

PÉTERS.

Par exemple, mon colonel, je ne vous dirai pas précisément s'il est obscur... ce qu'il y a de certain, c'est qu'il est perruquier.. et de plus, perruquier gascon. Mais, à tout prendre, il vaut encore mieux ce seigneur là qu'un autre, puisque ce n'est plus vous?

FRÉDÉRIC.

Et Fritzmann!.. l'ancien concierge du château... qu'est-il devenu?

PÉTERS.

Il est devenu mort depuis trois jours.

FRÉDÉRIC.

Fritzmann n'est plus... lui que j'espérais interroger sur les derniers momens de mon père!

PÉTERS.

Le cher homme vivrait encore, que vous ne seriez pas plus avancé... il était sourd à ne pas entendre, d'ici là, une fanfare de trois cents trompettes!

FRÉDÉRIC.

Fritzmann avait une nièce?

PÉTERS.

Et une jolie, encore!.. un petit pied pas plus long que ça... et des yeux!.. oh! des yeux!.. foi de trompette, dans toutes mes campagnes, je n'ai jamais rencontré des yeux comme ceux-là... aussi je les épouse ces yeux, et c'est par pure inclination, je vous prie de le croire.. Mlle. Flora n'a rien... absolument rien... car il ne faut pas compter pour quelque chose, l'héritage que lui a laissé son oncle.

FRÉDÉRIC.

En quoi consiste cet héritage?

PÉTERS.

Vous ne le devineriez jamais, mon colonel... et, vraiment, ça à l'air d'une mauvaise plaisanterie...cet héritage consiste dans une clé!

FRÉDÉRIC.

Une clé...

PÉTERS.

Oui... une clé... encore si elle était d'or... mais non...

c'est du bel et bon fer, et une clé!.. je crois qu'il n'y a que dans le trousseau de Barbe-Bleue qu'on aurait pu trouver sa pareille!..

FRÉDÉRIC.

Et l'on ne sait pas l'usage que Fritzmann pouvait en faire?..

PÉTERS.

On l'a essayée à toutes les portes du château... mais inutilement.

FRÉDÉRIC *préoccupé.*

Quel singulier mystère?

PÉTERS.

Tenez... voici Flora qui vous dira le reste... si vous saviez quelle jolie petite femme ça va faire ... un véritable agneau... vous allez voir.. (*Ils se tiennent à l'écart.*)

SCÈNE III.

LES MÊMES, FLORA *entrant sans les voir.*

FLORA.

AIR *de la Lettre de Change.*

Oui, je suis bien un peu coquette,
Mais ce n'est qu'un léger malheur :
Si j'aime à faire une conquête,
Du moins je conserve mon cœur. (*bis.*)
Je prétends toujours être sage
Et garder mon air ingénu...
Car ce n'est que par la vertu
Que l'on arrive au mariage...
Oui, mais aussi dans mon ménage...
Mon mari marchera.
Il faudra voir cela :
Restez ici, courez par-là.
Et ce sera
Toujours comm' ça.

PÉTERS.

Eh! bien.. voilà de jolies dispositions.

FLORA.

Même air.

De Péters je serai la femme,
Car je l'aime assez, entre nous,

Bien que dans l'amour qui l'enflamme
Il soit souvent grondeur, jaloux. (*bis.*)
Maintenant, s'il gronde, s'il crie...
Moi je tremble comme un enfant.
Je demande pardon souvent,
Il pardonne, je remercie...
Mais si demain l'on nous marie
Mon mari marchera.
Etc. etc.

FRÉDÉRIC.

Mon pauvre Péters!... approchons

PÉTERS.

Bonjour, mamzelle Flora.

FLORA.

Ah! c'est vous, monsieur Péters... Quel est cet étranger?

PÉTERS.

Vous ne le reconnaissez pas? C'est monsieur Frédéric d'Omberg, le fils de l'ancien maître du château.

FLORA.

Monsieur Frédéric! oui, oui, je le reconnais, c'est lui, c'est bien lui; je n'étais qu'un enfant quand il quitta le château, et cependant son image était restée dans ma mémoire.

PÉTERS

Voyez-vous cela? comme elle a dit (*imitant*): son image était restée dans ma mémoire! C'est fort bien, mademoiselle: mais n'oubliez pas que vous devez être rosière aujourd'hui, jusqu'après notre mariage inclusivement.

FLORA, *avec une révérence.*

Oui, M. Péters, on s'en souviendra. Comment, M. Frédéric c'est vous. je vous aurais reconnu, et pourtant vous êtes un homme à présent..., un beau militaire.... vous n'aviez pas alors... dites donc, M. Péters, comme ça lui va bien ces belles moustaches noires?...

PÉTERS.

Oh certainement (*bas*) Est-ce qu'une rosière doit remarquer cela.

FRDÉRIC.

Et dites moi, chère Flora, vous rappelez-vous mon pauvre père?

FLORA.

Comme s'il était encore là, M. Frédéric. Vous savez que par arrangement de famille..., M. le comte de Linsbourg, votre parent maternel; avait payé toutes les dettes de M. votre père, et pris en remboursement ce château et ses dépendances; il fût convenu seulement que sa vie durant, votre père aurait la jouissance du château et des titres honorifiques qui s'y trouvaient attachés. Tout alla fort bien pendant quelques temps, et M. votre père parraissait vivre en bonne intelligence avec son parent lors qu'un jour, après avoir consulté un homme de loi, M. le Baron annonça à M. le Comte qu'il voulait racheter cette principauté pour la transmettre à son fils.

FRÉDÉRIC.

Se pourrait-il?

FLORA.

Alors M. le Comte s'emporta; une querelle s'en suivit.. Le lendemain votre père tomba malade, et trois jours après... Ah! M. Frédéric, depuis ce jour la malédiction du Ciel sembla descendre sur le château; tout y devint sombre, triste; M. le comte de Linsbourg ne fut plus abordable, et mon oncle lui-même, l'ancien concierge, qui était un si brave homme devint morose, taciturne, et me traita avec une dureté inconcevable, jusqu'à ces jours passés, où, prêt à rendre le dernier soupir, il me fit venir auprès de son lit, m'embrassa en pleurant, me mit cette clé dans la main, en me disant voilà ta dot.. et mourut!

FRÉDÉRIC.

Cette clé! ce discours! mon père ruiné qui veut racheter ce domaine! cette aventure me paraît si extraordinaire, mes amis! (*Ici on entend une ritournelle vive et animée.*) Qu'est-ce donc?

PÉTERS.

Ah! ah! ce sont les habitans de ce village, ayant le bailli à leur tête, qui viennent recevoir le nouveau Seigneur de la Baronnie.

FRÉDÉRIC.

Je ne veux pas être vu des anciens vassaux de mon père.. mes amis permettez-moi de visiter le château.

PÉTERS.

A votre aise, mon colonel; vous trouverez toutes les

portes ouvertes; mais je ne puis vous accompagner... il faut que je sois là pour recevoir aussi Monseigneur ; il est essentiel que je me fasse confirmer dans ma place de concierge..., sans cela je ne pourrais pas épouser Flora, la vieille Gertrude sa tante n'y consentirait pas.

FRÉDÉRIC.

Le château m'est bien connu, je n'ai pas besoin de toi.

PÉTERS.

Mais j'y pense moi! mamzelle Flora, si vous donniez cette clé à M. Frédéric? Peut-être... dans la visite qu'il va faire...

FRÉDÉRIC.

Excellente idée.

FLORA.

La voilà M. Frédéric, je vous recommande ma dot, au moins.

FRÉDÉRIC.

Soyez tranquille, ma chère Flora; je vous réponds de votre dot... Au revoir mes bons amis.

(Il entre dans le château.)

SCENE IV.

LES MÊMES hors FRÉDÉRIC, LE BAILLI, tout le Village.

CHOEUR.

AIR *du Maçon*, ou *Nouveau* d'Adam.

Dans ce jour d'allégresse,
Livrons-nous au bonheur;
Et bénissons sans cesse
Le nom de monseigneur.

LE BAILLI.

C'est bien, c'est très-bien... il ne manque plus que les gestes... les bras en l'air... en agitant vos bouquets... un air riant... une figure de circonstance.

PÉTERS.

Mais, M. le Bailli, puisque ce n'est qu'un perruquier que nous allons recevoir.

LE BAILLI.

Du moment où ce domaine lui appartient, vous devez le respecter comme s'il descendait du grand Witikind... Avez-vous préparé les clés du château.

FLORA, *Les apportant dans un bassin d'argent.*

Les voici, M. le Bailli.

LE BAILLI.

Bien, nous voilà en règle... Péters, en votre qualité de concierge, vous marcherez à ma droite, les notables viendront ensuite, et la force armée fermera la marche.. combien avons-nous d'hommes sur pied ?

PÉTERS.

Trois, dont deux enfans... Monseigneur a bien besoin de recruter son armée.

LE BAILLI.

Vous, Flora, vous allez garder le château, et surtout que personne n'y pénètre avant notre retour : vous voyez que nous avons les clés.

FLORA.

Mais toutes les portes sont ouvertes.

LE BAILLI.

C'est égal, elles sont censées fermées.. en marche, mes amis !

CHOEUR ET MARCHE.

Dans ce jour, etc. etc.

(Ils défilent en ordre et sortent par la droite.)

FLORA.

Me voilà seule ! si je pouvais parler encore à M. Frédéric ! il m'intéresse tant ce jeune homme.

CRÉPIGNAC, *dans la coulisse.*

Tu dis que c'est par ici? Merci, mon garçon, merci !

FLORA.

Quelle est cette voix?... Un étranger qui se dirige de ce côté... rentrons.... (*Elle rentre.*)

SCÈNE V.

CRÉPIGNAC,

En habit poudré, mais galonné, chapeau à cornes, frisure à l'oiseau, bottes à revers. Il arrive du côté opposé à celui par lequel les paysans sont sortis et se place devant l'entrée du château. Il porte un énorme sac de nuit.

Air *du Barbier de Séville* (Rossini).

Bon! enfin ce château, ce château
Si beau,
Le voilà, le voilà, le voilà, le voilà
Là!
J'arrive enfin;
Ah! quelle chance!
Heureux destin!
Me voilà (3 *fois.*)
Là.
Dieu, quelle apparence!..
J'ai gagné tout ça.
Un Gascon, je pense,
Peut bien loger là.
Oh! la tête m'en tournera,
Si cela n'est pas fait déjà.
Douce Garonne,
Dont l'eau si bonne,
Que j'abandonne,
Donne l'esprit;
Noble rivière,
Ce Rhin prospère
Devrait te céder son lit.
Mais plus j'y songe,
Si tout cela
N'était qu'un songe,
Qu'un vain mensonge,
Qu'il se prolonge; (*bis.*)
Mais non, bien loin de là,
Chacun s'empresse,
Dans son ivresse:
C'est très-certain,
Je suis bien châtelain.
Bonheur suprême,
Délire extrême;
J'entends partout chanter en chœur:
Vive monseigneur!

Mais Sandieu! je ne suis pas fâché d'être arrivé... Cette diligence de Francfort, est dure comme tout; et puis ces diables de voitures allemandes... ça n'est pas léger comme le vent... Il faudra que j'établisse des célérifères dans ma principauté.. Ma principauté!.. la voilà, elle est a moi! j'en ai le titre dans mon portefeuille; le château est magnifique, et pas cher... trente francs !... trente francs une des plus belles principautés d'Allemagne... s'il faut en croire le prospectus de la loterie (*il déploye une pancarte et lit.*) « Loterie de Francfort sur le Mein... La Baronnie d'Omsberg, ayant rang de principauté, et donnant le titre de » prince. » J'ai le titre de prince. « (*Lisant* :) consistant » dans un château richement meublé, avec basse-cour. jar» dins, faisanderies,... vingt-sept villages de dépendances » et cinquante-cinq mille arpens de terre et bois, à trente » francs le billet. » Et c'est moi qui l'ai gagnée! oh c'est bien moi, moi Alexandre-Annibal de Crépignac... Capédébious!. ma mère avait bien raison de dire que j'étais né coiffé.

Air *des Maris ont tort.*

Depuis trente ans, sur cette terre,
Armé du peigne et du rasoir,
Je vis la fortune contraire,
Ou plutôt je ne pus la voir...
Rasant, frisant dans ma disgrâce,
J'avais cependant l'œil au guet.
Tout-à-coup la fortune passe,
Crac, je la saisis au toupet...

Je la tiens Sandieu! et je la tiens bien!... quelle fortune encore!.. une Baronnie!.. une principauté! comme ça doit rapporter, ça.. Crépignac, mon ami, il te faudra être bon prince.. je le serai, je n'augmenterai pas les impôts, au contraire.. je les diminuerai... pas aujourd'hui parce que j'ai besoin d'argent... je n'avais juste que ce quil fallait pour prendre la diligence, et j'arrive avec le diable dans ma bourse.... heureusement... je suis aux portes de mon château.

SCÈNE VI.

CRÉPIGNAC, FLORA, *qui a entendu les derniers mots.*

FLORA.

Aux portes de son château! mon Dieu.... est-ce que ce serait....

CRÉPIGNAC.

Oh! oh! voilà une paysanne! on dirait du pur sang de la Gascogne, tant elle est jolie... C'est sans doute une de mes vassales. (*haut*) Dites-moi, petite, n'est-ce pas là... la Baronnie d'Omsberg?

FLORA.

Oui, Monsieur!

CRÉPIGNAC.

C'est cela même; et me voilà chez moi!

FLORA.

Chez vous... c'est donc vous, Monsieur.. c'est-à-dire Monseigneur?....

CRÉPIGNAC.

Comment avez vous dit cela. . répétez pour voir, mon enfant?

FLORA.

Monseigneur!

CRÉPIGNAC.

Monseigneur!... comme ça résonne agréablement à l'oreille d'un gascon.

FLORA.

Quoi!... c'est vous qui êtes...

CRÉPIGNAC

Oui, ma belle vassale, c'est moi qui suis Monsieur de Crépignac... l'enfant chéri de de la Garonne, Gascon de naissance, Français de cœur, barbier de profession, et propriétaire de ce riche domaine, si la loterie de Francfort a dit vrai.... eh donc! est-ce qu'on ne m'attend pas ici?

FLORA.

Pardonnez-moi, Monseigneur; vos vassaux, conduits par M. le Bailli, sont allés vous attendre sur la grande route de Strasbourg; vous ne les avez donc pas rencontrés?

CRÉPIGNAC.

Puisque j'arrive par la route de Francfort, où j'étais allé faire légaliser mon titre de possession!.. il me semble qu'il était bien plus simple que mes vassaux mattendissent aux portes de mon château; ils étaient sûrs de ne pas manquer mon entrée... une porte! on entre toujours par là....

FLORA.

Le devoir de M. le Bailli était d'aller au-devant de vous, sur les limites de votre territoire.

CRÉPIGNAC.

Il est donc allé bien loin?

FLORA.

Non, Monseigneur, c'est à deux pas.

CRÉPIGNAC, *à part.*

Elle ne sait ce qu'elle dit l'enfant (*haut.*) Et vous, ma petite qui êtes vous?

FLORA.

La nièce de l'ancien concierge.. et la prétendue du nouveau.

CREPIGNAC.

Vous faites donc partie de ma maison?

FLORA.

Oui, Monseigneur, pour vous servir... mais savez-vous, Monseigneur, que vous êtes fierement heureux d'être le propriétaire de ce beau château?

CRÉPIGNAC.

Heureux! voilà comme je suis moi, l'influence du pays...

AIL : *L'auteur des effets et des causes.*

Du noble enfant de la Garonne
Le vol ne s'arrête jamais;
La fortune, en bonne personne,
Le seconde dans ses projets.
Oui, le sort qui commande aux hommes,
Nous conduit presque par la main;
Et, dans l'heureux siècle où nous sommes,
Tous les Gascons font leur chemin.

FLORA *à part.*

Est-il laid, Monseigneur?

CRÉPIGNAC.

Eh! donc, voilà comme je suis! mais, mon enfant puisque le bailli et tout le village sont a m'attendre la bas, comment êtes vous ici, vous?

FLORA.

Ne fallait-il pas quelqu'un pour garder le château?... et puis, il est d'usage de présenter au nouveau Seigneur une Rosière.. et comme c'est moi qu'on a choisie pour l'être.. vous ne deviez me voir que demain, au moment où vous me couronnerez.

CRÉPIGAC.

Ah! je dois vous couronner... vous êtes donc la plus sage de toutes mes jeunes vassales?

FLORA.

Dame, on le dit du moins... Monseigneur, y a t-il aussi des Rosières en France?

CRÉPIGNAC.

Oui, mon enfant! pas à Paris, par exemple, mais dans la banlieue et dans les provinces.

AIR : *Dans ma chaumière.*

Dans notre France (*bis.*)
C'est un usage fort connu;
Ici l'on choisit bien, je pense.

FLORA, *baissant les yeux.*

On ne cherche que la vertu.

CRÉPIGNAC.

C'est comme en France.

Même air.

FLORA.

C'est comme en France. (*bis.*)

CRÉPIGNAC.

Mais s'est-on parfois aperçu
Que ce modèle d'innocence
Et de candeur...

FLORA.

Cela s'est vu!...

CRÉPIGNAC.

(*Parlé.*) Alors...
C'est comme en France.

Mais il est temps que je prenne possession! Dieu comme le cœur me bat en franchissant cette porte féodale.... je vais entrer là de dans comme un vrai conquérant; ma petite, conduis-moi d'abord à la salle à manger.

FLORA.

Oh! Monseigneur, vous ne pouvez pas entrer.

CRÉPIGNAC.

Eh donc! pourquoi cela je vous prie? Puisque la porte est ouverte.

FLORA.

Vous ne pouvez pas entrer avant que M. le Bailli vous ait remis les clefs du château.. c'est l'usage.

CRÉPIGNAC.

L'usage! l'usage! il serait un peu fort sandieu! que j'attendisse à la porte de mon domaine que M. le Bailli.... Vassale prenez ce sac de nuit et montrez-moi le chemin, je vous l'ordonne.

FLORA.

Vous êtes le maître, Monseigneur; et je vais vous conduire... M. le Bailli se fâchera s'il veut... d'ailleurs on pourra faire la cérémonie dans la grande galerie du revenant.

CRÉPIGNAC.

La galerie du revenant!... qu'est-ce donc que cela?

FLORA.

C'est une partie du château où l'on dit qu'il revient un esprit, tous les jours.

CRÉPIGNAC.

Quels contes absurdes!...

FLORA.

C'est une vieille tradition du château... on dit que c'est le fantôme d'un ancien baron de ce domaine... il traîne une chaîne... il a une longue barbe...

CRÉPIGNAC.

Il a une barbe! (*à part*) ça me regarde.

FLORA.

Oui, Monseigneur, à ce qu'on dit... on assure de plus que cet esprit est condamné à revenir ainsi sur la terre, jusqu'au moment où il aura trouvé quelqu'un assez courageux pour lui faire la barbe.

CRÉPIGNAC.

Quel diable de conte, me faites vous là?

FLORA.

Il y a des siècles que cela dure, et vous semblez arriver à propos... vous, Monseigneur, qui avez été barbier...

CRÉPIGNAC.

Voulez-vous bien, Mademoiselle, ne pas faire des plaisanteries comme cela;... que signifie cette supposition déplacée?

AIR *de l'Etude.*

Je fus barbier, je m'en fais gloire,
Et, dans la ville de Strasbourg,
On conservera ma mémoire;
Je dis la ville et le faubourg.
J'ai rasé les plus fortes têtes,
Des banquiers, des gens en crédit,
Des orateurs et des poètes,
Mais n'ai jamais rasé d'esprit.

FLORA.

Pardon Monseigneur, je n'avais pas l'intention de vous déplaire; je vais vous conduire au château

CRÉPIGNAC.

Non; réflexion faite... j'attendrai ici M. le Bailli et mes bons vassaux... (*à part*) la galerie du revenant!... ils ont dans tous ces vieux châteaux d'Allemagne, un tas d'anecdotes ridicules.

FLORA.

Si Monseigneur veut garder la porte un moment, je sais où se trouve M. Bettembourg, et j'irai lui dire que vous êtes arrivé.

CRÉPIGNAC.

Vous appelez mon Bailli, mon enfant?

FLORA.

Bettembourg, Monseigneur?

CRÉPIGNAC.

Bettembourg!... le drôle de nom.

FLORA.

Sa personne est encore bien plus drôle; Mônseigneur, vous allez le voir... Gardez bien la maison au moins! je reviens tout de suite...

CRÉPIGNAC.

Eh donc! soyez tranquille (*Flora sort*).

SCÈNE VII.

CRÉPIGNAC *seul.*

Moi châtelain! moi baron! moi prince-souverain de vingt-sept villages! c'est presque un Royaume!... Celui d'Ivetot n'était pas si grand... Et le tout pour trente francs et quelques centimes... on conviendra que ce n'était pas la peine de s'en passer.

AIR *du Carnaval.*

Vive Francfort, vive sa loterie!
Pour dix écus, on peut s'y procurer
Quelque province ou quelque baronnie,
Où des vassaux viennent vous adorer.
Bref, il faudrait, je le dis sans reproche,
Avoir perdu l'esprit, le jugement...
Et n'avoir pas trente francs dans sa poche
Pour refuser d'être un prince allemand.

Mais comme monsieur mon bailli me fait attendre!... je le suspendrai de ses fonctions. (*Il regarde*) Ah! ah! quelle est cette voiture qui s'arrête dans l'avenue de mon chateau... Deux dames habillées de noir en descendent... elles viennent par ici? Serait-ce quelques dames chatelaines des environs qui veulent déjà voisiner? je le voudrais, car elles me paraissent toutes deux fort jolies.

SCÈNE VIII.

CRÉPIGNAC, ORPHÉLIE (*en deuil*), LOUISE.

ORPHÉLIE.

As-tu donné l'ordre à notre voiture de nous attendre au village voisin?

LOUISE.

Oui madame!

ORPHÉLIE.

Tiens, Louise, voilà le château d'Omsberg dont je t'ai si souvent parlé et dans le quel j'ai passé mon heureuse enfance!

LOUISE.

Est-ce que madame ne veut pas y entrer?

ORPHÉLIE.

Non, il est, en ce moment, la propriété d'un méchant homme... du comte de Linsbourg; et je veux seulement l'examiner de loin, en passant... comme il est delabré ce pauvre château!

CRÉPIGNAC, *à part.*

Mon chateau est délabré!..qu'est-ce qu'elle dit donc là cette dame?

ORPHELIE.

Lui que j'ai vu si brillant! et ses alentours, comme ils sont tristes, solitaires.

CRÉPIGNAC.

Sandieu! elle ne vante pas beaucoup ma propriété.

ORPHÉLIE.

Et cependant je voudrais que ce domaine fut à vendre... je le payerais de toute ma fortune...pour le rendre à Frédéric.

CRÉPIGNAC, *à part.*

Elle veut acheter mon château!.... elle est donc bien riche.

LOUISE.

Ne m'avez-vous pas dit que votre cousin avait constamment refusé de répondre aux lettres que vous lui aviez écrites.

ORPHÉLIE.

Oui... Frédéric semble m'avoir juré une haine implacable! mais puisque la mort de mon époux m'a rendue libre et que celle du baron d'Omsberg me dégage de mon serment, Frédéric saura la cause honorable de l'hymen cruel que j'avais contracté... il me pardonnera, Louise... et le bonheur commencera pour moi... mais juge de ma joie si avec les richesses que feu le comte d'Herschtein m'a laissées, je pouvais rendre à mon cousin l'héritage de ses pères.... cette baronnie....

CRÉPIGNAC, *s'approchant vivement, en saluant.*

J'en suis bien faché, madame, mais la baronnie n'est plus

à vendre; elle m'appartient et je ne la donnerais pas pour quatre millions.

ORPHÉLIE.

Quoi, monsieur, vous seriez le nouveau propriétaire de ce château!

CRÉPIGNAC.

Si vous voulez bien le permettre, belle dame.. et comme je vous ai entendu dire que vous aviez habité ce château, s'il vous est agréable de le visiter.. je vous y recevrai avec plaisir, (*à part*) la belle chatelaine que ça me ferait!

ORPHELIE.

Monsieur, j'accepte avec reconnaissance l'offre obligeante que vous me faites... je sens que j'aurai, à revoir l'intérieur de cette demeure, un plaisir... un bonheur...

FLORA, *en dehors.*

Par ici! par ici!

CRÉPIGNAC.

Ah! c'est enfin monsieur le Bailli... avec les clefs de mon château.

SCÈNE IX.

LES MÊMES, LE BAILLI, FLORA, PÉTERS, LES VILLAGEOIS.

CŒUR.

Dans ce jour d'allégresse, etc.

CRÉPIGNAC (*se mettant au milieu*).

Mes chers vassaux, je dirais presque mes sujets, je suis enchanté de vous voir, et de vous connaitre: vous me faites l'effet de braves gens, vous verrez que je suis un bon enfant.. d'après ça nous pouvons nous donner une poignée de main.

(Il leur donne la main.)

PÉTERS.

Monseigneur n'est pas fier.

ORPHÉLIE, *à Louise.*

Quelle singulière aventure!... cet homme succédant ici aux princes d'Omsberg.

FLORA, *à part.*

Quelle est donc cette belle dame?

LE BAILLI, *s'avançant avec Péters qui porte les clés.*

Monseigneur !

CRÉPIGNAC, *otant son chapeau.*

Moussu !

LE BAILLI.

Je viens, selon l'usage antique, présenter à votre altesse régnante les clefs de la principauté.

CRÉPIGNAC.

Où sont elles les clefs ? Ah ! les voilà ; merci.

(Il les met dans sa poche.)

PÉTERS, *à part.*

Est-ce qu'il ne va pas me les rendre ?

LE BAILLI.

Monseigneur !

CRÉPIGNAC, *se découvrant.*

Moussu !

LE BAILLI.

Les Baillis chargés de recevoir Jules César à son entrée dans l'Allemagne étaient bien moins heureux que moi, ils n'avaient qu'à complimenter un conquérant et moi je m'adresse à un prince qui n'a eu qu'à se montrer pour gagner... (*hésistant*) pour gagner...

CRÉPIGNAC.

Le chateau à la loterie... quoi ?

LE BAILLI.

Le cœur de tous ses vassaux.

CRÉPIGNAC.

Ah ! les cœurs étaient dans le lot.... il ne sont pas sur le prospectus. Mais ça va sans dire apparemment.

LE BAILLI.

Enfin, monseigneur....

CRÉPIGNAC.

C'est bon moussu le Bailli, votre discours est superbe... mais j'acheverai de le lire à tête reposée ; donnez-le moi. (*il le prend : à part en tatant le papier*) ça fera d'excellentes papillottes. Ah ! ça, mais j'y pense moi... est-ce que la population de mes vingt-sept villages est toute devant moi.

LE BAILLI.

Non, monseigneur.., il n'y a que les notables.

CRÉPIGNAC.

Les notables!.. il doit y avoir des perruquiers par là?

LE BAILLI.

Non monseigneur... comme il passe beaucoup de troupes en ce moment, ils sont tous occupés dans leur boutique..., mais dimanche prochain... c'est-à-dire demain...

CRÉPIGNAC.

Vous leur direz que je les recevrai avec plaisir! qu'ils viennent surtout avec armes et bagage.... je m'honore d'avoir fait partie de leur corps respectable... les perruquiers sandieu, la fine fleur de la civilisation. (*à Péters*) ah! ça, toi! voyons: qui es-tu?

PÉTERS, *gasconnant.*

Monsieur, je suis le concierge provisoire du chateau pour vous servir.

CRÉPIGNAC.

Oh! oh! quel accent.... Est-ce que tu es français?

FLORA, *à part.*

Oh! le flatteur.

PÉTERS, *en gasconnant tant qu'il parlera à Crépignac.*

Non, monseigneur, je suis allemand; mais j'ai voyagé en France, sandis! et je parle maintenant le pur français comme ma langue maternelle!

CRÉPIGNAC.

Le pur français... tu peu t'en vanter! Tu es concierge provisoire, je te confirme et je double tes gages, en faveur de ton accent.

TOUS.

Vive monseigneur!

CRÉPIGNAC.

Eh donc! voilà comme je suis moi. Ah! ça mon cher Bailli, je désirerais toucher aujoud'hui même mes revenus arriérés.

LE BAILLI.

Quels revenus, monseigneur?

CRÉPIGNAC.

Mais ceux de mon château... apparemment.

LE BAILLI.

Mais, monseigneur, le château n'a point de revenus.

CRÉPIGNAC.

Comment le château n'a point de revenus!

LE BAILLI.

Non, monseigneur, c'est un pur séjour d'agrément.

CRÉPIGNAC.

Un séjour d'agrément! laissez-moi donc tranquille... et mes vingt sept villages... est-ce qu'ils ne payent pas de redevances, de contributions directes ou indirectes... je n'y tiens pas.

LE BAILLI.

Non, monseigneur, les habitans des villages qui dépendent de la principauté d'Omsberg ont successivement racheté de vos prédécesseurs les redevances auxquelles ils étaient assujettis, de sorte qu'ils ne payent plus d'impôts depuis long-temps.. vous n'avez sur eux que des droits honorifiques...

CRÉPIGNAC.

Et quels droits encore ?

LE BAILLI.

Vos vassaux sont forcés de vous donner le titre de monseigneur, et de se découvrir quand vous passez...

CRÉPIGNAC.

Et puis ?

LE BAILLI.

Vous avez le droit de doter vos jeunes vassales.

CRÉPIGNAC.

Ah! j'ai le droit de les doter!.. si ce sont là tous mes droits du seigneur, ils ne sont pas superbes, comme dit la chanson.

LE BAILLI.

C'est encore monseigneur qui rend la justice.

CRÉPIGNAC, *à part.*

C'est bon je la vendrai... (*haut*) ainsi ce beau chateau ne rapporte rien? Absolument rien ?

LE BAILLI.

Au contraire monseigneur; il coute dix mille florins d'entretien.

CRÉPIGNAC.

C'est-à-dire vingt mille francs de France!.. Capédébious c'est donc un véritable guet-à-pens que cette lotterie de Francfort avec son château.

Air *du Rendez-vous.*

Si je vous en crois sur parole,
Pourquoi donc le laisser debout,
Puisqu'il ne rend pas une obole,
Mais coûte au contraire beaucoup?
Ma foi, pour me tirer d'affaire,
Moi, je ne vois plus qu'un moyen :
Ce sera de vendre la terre
Afin d'en payer l'entretien.

LE BAILLI.

L'avant dernier seigneur le baron d'Omsberg fut obligé d'avoir recours à cet expédient.

CRÉPIGNAC, *à part.*

Et moi qui me croyais le plus riche des châtelains!.. voilà qui me défrise un peu... c'est égal... dissimulons et entrons. (*à Orphélie*) belle dame, voulez-vous me permettre de vous donner la main?... Au revoir mes chers vassaux.

TOUS.

Vive monseigneur!

CŒUR ET MARCHE.

Air *d'Adam.*

Chantons avec ivresse
Notre nouveau seigneur!
Et que chacun s'empresse
A montrer son ardeur.
Vive notre nouveau seigneur!

(Un cortége se forme; le bailli et les villageois conduisent Crépignac à la porte de son château.)

FIN DU PREMIER ACTE.

ACTE DEUXIEME.

Le théâtre représente une chambre à coucher, un lit gothique à gauche de l'acteur; à droite une cheminée; au fond un tableau à secret; des portes latérales.

SCÈNE PREMIÈRE.

FRÉDÉRIC, PÉTERS.

PÉTERS.

Quoi, mon colonel, vous auriez découvert...

FRÉDÉRIC.

Oui, mon cher Péters... cette clef est celle d'une armoire qui renferme un trésor et les titres de ma famille.

PÉTERS.

Un trésor!.. la dot de Flora?..

FRÉDÉRIC.

Ecoute Péters... et partage ma joie!.. cet écrit est tracé de la main de mon père.

PÉTERS.

Cet écrit!.. comment se fait-il?..

FRÉDÉRIC.

C'est le ciel qui m'a conduit aujourd'hui dans la demeure de mes ancêtres... j'avais parcouru la plus grande partie du château et long-temps essayé, mais en vain, cette clef à toutes les portes qui s'offraient à moi... lorsque je me suis rappellé, comme par une inspiration subite, qu'il existait dans une salle basse du château, une armoire en fer, scellée dans le mur et cachée par une boiserie mouvante.... j'y cours... je fais mouvoir la boiserie, je présente cette clef à la serrure de l'armoire mystérieuse... elle l'ouvre, Péters... et dans cette armoire je trouve une cassette auprès de laquelle était déposé ce précieux billet: (*il lit.*) « Mon fils... le

» ciel m'appelle à lui... et je meurs avec le regret de ne » point vous avoir revu!.. Fritzmann, le concierge du château vous remettra fidèlement cette cassette renfermant » cinq cent mille florins, que l'un de mes ancêtres avait » caché dans les souterrains du château pendant les derniers troubles de l'Allemagne, et que le hasard m'a fait » découvrir... je desire que cette somme soit employée par » vous à racheter du comte de Linsbourg, mon perfide parent, cette principauté, l'une des plus anciennes de la » Germanie... afin que vous puissiez la transmettre à vos » descendants et conserver ainsi, dans tout son éclat, à notre branche, les noms et les titres glorieux de notre famille... adieu, mon cher Frédéric, puissiez-vous être plus » heureux que votre père!.. signé le baron d'Omsberg.

PÉTERS.

Je ne reviens pas de ma surprise !

AIR : *Il me faudra quitter l'empire.*

Après une cruelle perte,
Qui vous causa tant de chagrins,
Ah! quelle heureuse découverte,
Vous retrouvez cinq cent mille florins. (*bis.*)

FRÉDÉRIC.

Dans ce jour fatal et prospère,
Péters!... que m'importe cet or. (*bis.*)
Ce dernier écrit de mon père,
Voilà pour moi le vrai trésor. (*bis.*)

PÉTERS.

Il est sur que ce trésor-là est bien précieux pour un bon fils... mais moi... j'aime mieux l'autre... ah! ça... je ne vois pas comment le vieux concierge pouvait appeler cela la dot de Flora... est-ce qu'il s'imaginait que nous consentirions à nous approprier...

FRÉDÉRIC.

Ce n'est pas cela, Péters... mon malheureux père a ajouté à ce que tu viens d'entendre, ces mots qui concernent l'oncle de Flora... « je recommande à la générosité de mon » fils, le vieux Fritzmann et sa famille. »

PÉTERS.

Ah! je comprends!.. mais, mon colonel, quand monsieur le Baron votre père, vous recommandait de racheter la baronnie d'Omsberg... il ignorait qu'on la mettrait un jour en loterie et qu'elle deviendrait la propriété d'un gascon qui ne la céderait pas pour un empire... il est trop content d'être appellé monseigneur!

FRÉDÉRIC.

Tu crois que cet homme refusera de me céder l'héritage de ma famille...

PÉTERS.

J'en ai peur... il s'est mis dans la tête que ce domaine valait des millions... et à moins d'un coup du ciel... que dis-je... si mon Colonel... me permettait de négocier cette affaire à ma manière...

FRÉDÉRIC.

Toi, Péters!...

PÉTERS, *riant.*

Je ne vous prendrais pas de droit de commission pour cela... et je réussirais peut-êrre...

FRÉDÉRIC.

N'est-il pas plus simple que je montre à cet homme, cet écrit de mon père et que je lui fasse sentir la nécessité...

PÉTERS.

Bon!... plus vous semblerez desirer de ravoir votre château, et plus monsieur de Crépignac y mettra un prix élevé... laissez-moi conduire la chose... j'imagine un moyen sûr... donnez-moi carte blanche...

FRÉDÉRIC.

Je m'en rapporte à ta loyauté de soldat... tu fus toujours homme d'honneur.

PÉTERS.

L'honneur est toujours au poste, mon Colonel... laissez-moi faire... mais voici Flora... il ne faut pas la mettre dans la confidence... pour éviter ses questions... allez m'attendre dans le petit pavillon du jardin, je ne tarderai pas à vous y rejoindre.

(Frédéric sort.)

SCÈNE II.

PÉTERS, FLORA, *sortant de la gauche.*

FLORA, *à la porte.*

Si madame a besoin de quelque chose, elle n'aura qu'à sonner... Péters et moi, nous sommes à ses ordres...

PÉTERS, *à lui-même.*

Oui, le moyen est excellent... je ne vois même que celui-là pour rendre la baronnie d'Omsberg à ses véritables maîtres!

FLORA, *ferme la porte et vient en scène.*

Elle est aimable cette jeune dame... et monseigneur a bien fait de lui donner l'hospitalité .. il faut convenir aussi que c'est un bon vivant que ce monseigneur là!...

PÉTERS.

Vous trouvez mademoiselle Flora?

FLORA.

Oui monsieur Péters... et je crois que nous aurons de l'agrément à le servir...

AIR *d'Adam.*

Quel bon seigneur
Nous a donné la loterie!
Il n'a ni fierté, ni hauteur;
Et deux fois déjà, quel bonheur!
Il m'a dit que j'étais jolie.
Quel bon seigneur!...
Je veux l'aimer de tout mon cœur.

PETERS.

Coquette!...

FLORA.

Même Air.

Quel bon seigneur!
Qu'il est aimable et plein de grâce!
Et puis il faut voir quelle ardeur:
Depuis ce matin, quel honneur!
Dès qu'il me rencontre, il m'embrasse.
Quel bon seigneur!
Je veux l'aimer de tout mon cœur.

PÉTERS.

Comment vous osez m'avouer?..

FLORA.

N'allez-vous pas être jaloux? Songez plutôt au souper; monseigneur veut qu'on le serve aujourd'hui dans sa chambre... au coin du feu...

PÉTERS.

C'est bien... nous sommes en règle... et votre beau monseigneur n'a qu'à demander pour être servi...

FLORA.

Silence!... le voici avec monsieur Le Bailli...

SCÈNE III.

FLORA, PÉTERS, CRÉPIGNAC, LE BAILLI.

CRÉPIGNAC.

Superbe!.. magnifique!.. trente lits de maîtres au moins. Et un ameublement digne d'un roi... vraiment, quoique ce château n'ait pas de revenus, je ne suis plus si fâché de l'avoir gagné... ah! vous voilà monsieur Péters... d'où vient donc que vous n'êtes point resté près de moi pour me montrer le château... il me semble que ce sont plutôt les fonctions d'un concierge que celles d'un Bailli...

PÉTERS.

C'est vrai, monseigneur... mais je veillais au souper de votre Altesse...

CRÉPIGNAC.

Le souper... l'excuse elle est bonne...

PÉTERS.

Demain, je montrerai le reste à monseigneur, car nous avons encore par-là des chambres superbes et la fameuse galerie dite *du revenant.*

CRÉPIGNAC.

Toujours la galerie *du revenant!* une fois pour toutes, j'entends qu'on l'appelle autrement cette galerie!...

LE BAILLI.

Que vous importe ce nom, monseigneur!... vous êtes

bien certain que tous les contes qu'on a faits sur cette galerie sont autant d'absurdités... ce n'est pas avec un esprit aussi éminemment supérieur que le vôtre, que l'on peut croire aux revenants...

CREPIGNAC.

Vous n'y croyez donc pas aux revenants, vous monsieur Le Bailli?.. et vous mes enfants!... croyez-vous aux revenants?...

PÉTERS.

Moi, j'y crois... parce que j'en ai vu...

CRÉPIGNAC.

Tu en as vu? (*au bailli*) il en a vu.. et où ça... Dans mon château?

PÉTERS.

Oh non, Monseigneur!. en Sibérie.., quand j'étais prisonnier de guerre.. l'esprit d'un colonel Français allait tourmenter toutes les nuits le gouverneur de la ville... je l'ai vu, plus de vingt fois, monter par la fenêtre.

CRÉPIGNAC.

Et ce pauvre gouverneur était tout seul, je parie!

PÉTERS.

Non, Monseigneur! il était marié...

AIR : *Vaudeville du Jaloux malade.*

Il se tenait à la fenêtre;
Et, comme il était fort prudent,
Quand il voyait l'esprit paraître,
Il s'enfuyait incontinent.

CRÉPIGNAC.

Dieu!... que je plains sa pauvre femme!

PÉTERS.

Il n'arriva point d'accidents :
Les revenans, près d'une dame,
Furent toujours de bons vivans.

LE BAILLI.

Quels contes d'enfans!

FLORA.

Ce revenant n'était pas aussi méchant que celui de la grande galerie... s'il faut en croire la chanson...

CRÉPIGNAC.

Il y a une chanson sur ma galerie.. que dit-elle la chanson?

LE BAILLI.

Vous saurez d'abord, Monseigneur,.. qu'il y a deux traditions à ce sujet.. La première qui prétend que cet esprit est l'ombre d'un méchant Baron, condamné à errer dans son château, jusqu'au jour où il aura trouvé quelqu'un assez courageux...

CRÉPIGNAC.

Pour lui faire la barbe.. je sais cela.. et la seconde?

LE BAILLI.

La seconde, qui prétend que c'est toujours le dernier propriétaire de la Baronnie, qui revient dans la galerie du revenant.

CRÉPIGNAC.

Toujours le dernier propriétaire... ça fait que, quand je serai mort, j'ai aussi la perspective...

PÉTERS.

Certainement.. les vieux du pays disent, même, que le revenant condamné à errer de la sorte, a souvent tordu le cou au propriétaire qui doit le remplacer, afin d'être plutôt délivré....

CRÉPIGNAC.

Voulez-vous bien, monsieur Péters, ne pas me faire des contes ridicules comme ceux-là. Le souper sera-t-il bientôt prêt?..

PÉTERS.

Oui Monseigneur.. et quand votre Altesse voudra?..

CRÉPIGNAC.

Vous n'avez pas oublié, je m'en flatte, que j'ai pour convive une étrangère de qualité..., je veux la recevoir en véritable châtelain...

PÉTERS.

Monseigneur sera content de son cuisinier...

CRÉPIGNAC.

J'ai donc aussi gagné un cuisinier?..

PÉTERS.

Quand je dis un cuisinier.. c'est une cuisinière... mais la vieille Gertrude sait son affaire.

AIR *de la Robe et les Bottes.*

Le dernier seigneur, à sa table,
Invitait des gens fort souvent
Dont l'humeur était peu traitable
Et qui le blâmaient hautement...
Sa cuisinière fortunée
Les faisait tous changer d'avis. ..

CRÉPIGNAC.

Comme Gertrude, cette année,
Aurait fait fortune à Paris !

LE BAILLI.

Puisque Monseigneur n'a plus rien à me dire et qu'il va se mettre à table... je présente bien mes respects à Monseigneur!..

PÉTERS, *à part.*

Le Bailli a-t-il envie d'être invité à souper !

CRÉPIFNAC.

Bonsoir, Bailli.. bonsoir.. je ne vous retiens pas... et ne vous reconduis pas... je suis d'une lassitude. (*Il s'assied.. à Péters et à Flora*). Eh bien! où allez-vous, vous autres?

PÉTERS.

Je vais voir si l'on peut servir Monseigneur !

FLORA.

Et moi, je vais chercher des flambeaux.

CRÉPIGNAC.

Dépêchez-vous de revenir!... (*à part*). Je n'aime pas à rester seul quand la nuit approche. Heureusement j'ai une voisine (*Péters et Flora sortent*).

(Péters et Flora sortent.)

SCENE IV.

CRÉPIGNAC; *seul.*

Ah!.. j'avais besoin de me reposer un peu.. Mon château est immense!.. je n'en ai jamais vu d'aussi grand...

même sur les bords de la Garonne, où pourtant il y en a de fameux!. Me voilà dans ma chambre à coucher... ah!.. quelle différence de ma petite chambrette à l'entresol, à Strasbourg. Au moins, on respir ici... et je sens que j'étais né pour habiter les grands appartemens,.. les châteaux,.. les palais;.. c'est que je saurai m'en faire honneur tout aussi bien qu'un autre... (*il se lève*) qu'est-ce, après tout.. que la grandeur? l'art de jeter de la poudre aux yeux!.. (*faisant le geste de poudrer*) c'est justement mon affaire...

AIR *connu.*

Loterie! (*bis.*)
Ah! que je te remercie.
Loterie! (*bis.*)
Que tes coups
Me semblent doux!

Et qu'est-ce donc que la vie
Un jeu de hasard complet...
Où chaque mortel s'écrie,
Quand il tient le bon billet :

Loterie! etc. (*bis.*)

Dulac était sans ressource;
Un jour, dans son désespoir,
Il se transporte à la Bourse,
Et voilà qu'il dit le soir :
Loterie! etc. (*bis.*)

Ce moussu qu'amour enflamme,
Se mariant un matin,
Rencontre une bonne femme;
Le voilà qu'il dit soudain :
Loterie! etc. (*bis.*)

SCÈNE V.

CRÉPIGNAC, PÉTERS.

PÉTERS, *avec l'accent.*

Monseigneur!..

CRÉPIGNAC.

Hein !.. qu'est-ce !.. est-ce qu'on appelle ainsi les gens.. sans les avertir... qu'est-ce que tu veux ?

PÉTERS.

Moi, je ne vous veux rien.

CRÉPIGNAC.

Comment, tu ne me veux rien.

PÉTERS.

Non, Monseigneur, rien du tout.. c'est un jeune militaire... un colonel qui est là.. et qui vous demande si vous voulez lui accorder l'hospitalité pour cette nuit.

CRÉPIENAC.

Comment si je le veux ... sandieu !.. je le crois bien.. qu'il vienne (*à part*) oh ! la bonne rencontre... je le ferai coucher là.. tout auprès de moi... ça m'accoutumera à mon château..

PÉTERS.

Alors... je vais lui dire d'entrer.

CRÉPIGNAC.

Eh donc !.. est-ce la mode, ici, qu'un châtelain refuse l'hospitalité... Tu lui dresseras un lit dans cette chambre... (*il indique la porte à droite*).

PÉTERS, *à part*.

C'est déjà fait (*haut*). Oui, Monseigneur !. ah! ça, Monseigneur... vous ne m'en voulez pas...

CRÉPIGNAC.

De quoi ?

PÉTERS.

De vous avoir appelé tout à l'heure sans vous avoir averti.

CRÉPIGNAC.

Non, je ne t'en veux pas !...

PÉTERS.

C'est que, je ne me pardonnerais jamais de vous avoir déplu !

CRÉPIGNAC.

C'est bon,.. c'est bon.. fais entrer cet étranger !

PÉTERS.

Oui, Monseigneur... c'est que si j'avais eu le malheur de vous offenser!...

CRÉPIGNAC.

Oh! quelle patience il faut avoir!.. veux-tu bien. .

PÉTERS, *allant vers la porte à droite.*

Entrez monsieur le Colonel!.. entrez!...

SCENE VI.

LES MÊMES, FRÉDÉRIC.

FRÉDÉRIC.

Pardon, Monsieur, si je me présente chez-vous sans avoir l'honneur..... mais l'approche de la nuit et le mauvais temps. . .

CRÉPIGNAC

Je suis enchanté de vous recevoir, monsieur le Colonel, et je vous pris de vous considérer ici, comme chez-vous.

PÉTERS, *à part.*

Il ne croit pas si bien dire...

CRÉPIGNAC.

Vous venez de loin, colonel ?..

FRÉDÉRIC.

Je viens de Cassel.

CRÉPIGNAC.

Et vous allez?. . .

FRÉDÉRIC.

A Munich,.. où est mon régiment.

CRÉPIGNAC.

Ah! moussu le Colonel est au service de la Bavière.. Excellent pays!.. bon peuple!.. j'aime beaucoup les Bavarois.. et surtout les Bavaroises... moussu le Colonel me fera l'honneur de souper avec moi?..

FRÉDÉRIC.

Monsieur..

CRÉPIGNAC.

Oh! vous, acceptez, je le vois.. C'est sans façon.. comme on dit: la fortune du pot.

FRÉDÉRIC.

Un soldat se contente de ce qu'on veut bien lui offrir.

CRÉPIGNAC.

Je le sais.. mais vous ne serez pas fâché d'avoir accepté Colonel .. Je vous garde une surprise.

FRÉDÉRIC.

A moi, Monsieur!..

CRÉPIGNC.

A vous Colonel.. à vous! vous croyez ne souper qu'avec Mon Altesse.. nous serons trois.. moi, vous Colonel, et une dame..

FRÉDÉRIC, *vivement.*

Une dame!

CRÉPIGNAC.

Oh! oh!. comme vous prenez feu.. sandieu! oui une dame!.. et une dame jeune et jolie;.. une voyageuse! Vous serez charmé de faire connoissance avec elle, j'en suis sûr,.. car je vois à votre tournure.. C'est bien naturel.. l'amour est fait pour l'uniforme,.. et l'uniforme est fait pour l'amour.

FRÉDÉRIC.

J'ignorais, Monsieur, cette circonstance; je vous croyais seul.. et je ne puis.... (*il va pour sortir*).

CRÉPIGNAC, *l'arrêtant.*

Eh! bien... qu'est-ce que cela fait?..

FRÉDÉRIC.

Pardon!.. mais le désordre de ma toilette...

CRÉPIGNAC, *le regarde de la tête aux pieds.*

Eh! eh! à la rigueur, votre toilette elle est très-bien... c'est votre barbe seulement...

FRÉDÉRIC.

Je ne comptais pas m'arrêter en route...

CRÉPIGNAC.

Heureusement... une barbe c'est une bagatelle pour moi!. et comme mes armes ne me quittent jamais... (*Il tire sa trousse de sa poche.*) Péters.

PÉTERS.

Monseigneur!

CRÉPIGNAC.

Un plat à barbe... de l'eau chaude... du savon, une serviette... tout ce qu'il faut pour raser monsieur.

PÉTERS.

Oui, monseigneur!

FRÉDÉRIC.

Restez, Péters... (*à Crépignac*), Je n'accepterai point un pareil service, monsieur, et je me résigne à paraître ainsi devant cette jeune dame... qui, je l'espère, voudra bien excuser un voyageur!

CRÉPIGNAC.

Vous ne voulez pas absolument, j'en suis fâché... cela m'aurait refait la main... je dois avoir besoin de cela depuis huit jours que je n'ai eu l'occasion d'exercer.

FRÉDÉRIC, *à part.*

Il faut avouer que le domaine de mes pères est tombé dans de singulières mains.

CRÉPIGNAC.

Mais l'heure s'avance... Colonel, si vous désirez voir votre appartement, Péters va vous y conduire.

FRÉDÉRIC.

J'accepte, monsieur... et je suis à vous dans l'instant...

CRÉPIGNAC.

Péters, montrez à Moussu le Colonel la chambre d'honneur que je vous ai donné ordre de lui péparer. Eh donc!

AIR : *Allons réveiller tout le monde.*

Tandis que le souper s'apprête,
Allez et puis vous reviendrez,
L'amour ici vous garde une conquête,
Et j'en suis sûr vous me remercierez.

FRÉDÉRIC.

Je puis braver ce nouvel esclavage,
Je fuis l'amour, et je vous jure bien...

CRÉPIGNAC, *l'interrompant.*

Eh colonel! lorsque j'avais votre âge,
En fait d'amour je ne jurais de rien.

ENSEMBLE.

CRÉPIGNAC.

Tandis que le souper s'apprête, etc.

FRÉDÉRIC, PÉTERS.

Je vais / Il va faire un bout de toilette...
Bientôt, monsieur, vous me / le reverrez.
L'amour en vain me / lui garde une conquête,
A d'autres feux mes / ses esprits sont livrés.

(Ils sortent.)

SCÈNE VII.

CRÉPIGNAC, *seul.*

Je suis sur que cette jeune dame ne sera pas fâchée non plus de souper avec ce jeune Colonel... joli cavalier, ma foi... voilà comme je suis, moi... c'est-à-dire comme j'étais... ah! la voilà qui sort de sa chambre ... sandieu!... qu'elle est belle.

SCÈNE VIII.

CRÉPIGNAC, ORPHÉLIE.

CRÉPIGNAC.

Eh! bien, madame... êtes vous un peu remise de vos fatigues?

ORPHÉLIE.

Oui, monsieur... je me trouve beaucoup mieux!

CREPIGNAC, *lui présentant un siège.*

J'espère... qu'on a eu pour vous... tous les soins, tous les égards... j'avais donné l'ordre formel à mes gens...

ORPHÉLIE, *assise.*

Je suis confuse, monsieur, de tout l'embarras que je vous cause.

CRÉPIGNAC.

Que parlez-vous d'embarras, madame... c'est bien plutôt à moi à me féliciter de l'honneur que vous me faites d'accepter un gîte dans mon petit château, je voudrais qu'il fût plus digne de vous.

ORPHÉLIE.

Vous le savez, monsieur.. c'est en ces lieux que j'ai passé mes premières années.. mais, hélas! il n'est plus de bonheur lorsqu'on n'a plus de famille.

CRÉPIGNAC.

Si fait, belle dame... il est encore un bonheur pour les personnes qui vous ressemblent.. c'est celui d'être aimée.. c'est celui... (*Orphélie le regarde et il reste court*) *à part* : Sandieu!... quel regard imposant... je n'oserai jamais me risquer... (*haut*) puis-je espérer, madame, que je n'aurai rien fait qui vous déplaise en engageant un étranger qui passe la nuit dans ce château à partager notre souper.

ORPHÉLIE.

N'êtes-vous pas le maître, monsieur...

CRÉPIGNAC.

Il est vrai que je le suis... et le châtelain... mais le respect qu'on doit au sexe... cet étranger est un militaire... un colonel.

ORPHÉLIE, *vivement.*

Un colonel!... puis-je me présenter devant lui?..

CRÉPIGNAC.

Vous êtes fort bien comme cela... je vous l'assure!...(*par réflexion*) il n'y a que vos cheveux... mais c'est la moindre des choses... j'ai justement là mon peigne...

ORPHÉLIE, *se défendant.*

Mais, Monsieur!...

CRÉPIGNAC.

Mais, madame... il faut que vous vous montriez avec tous vos avantages... car je vous en préviens... ce jeune colonel est un fort joli garçon...

ORPHÉLIE, *cessant de se défendre.*

Si vous jugez, monsieur, que ce soit absolument nécessaire.

CRÉPIGNAC.

Sans doute, madame... (*il la coiffe*) et c'est avec un vrai plaisir, sandieu!... cela me rapelle le temps où j'étais garçon coiffeur à l'Opéra de Paris... avant la révolution?

ORPHÉLIE.

L'Opéra! que voulez-vous dire, monsieur?

CRÉPIGNAC.

Eh donc!...

AIR : *Vaudeville de Fanchon.*

Que ce mot là, madame,
Ne trouble point votre âme,
Car si je vous tiens ce discours,
C'est qu'après vingt disgrâces...
Vous me rappelez les beaux jours
Où je poudrais les grâces
Et frisais les amours?

C'était çà, le beau temps de l'Opéra.

Même air.

J'ai vu le grand Ulysse
Et l'amant d'Eurydice,
Le front blanchi par l'amidon,
Flore dans son empire
Avec un énorme chignon,
Et le léger Zéphyre
En ailes de pigeon.

SCÈNE IX.

LES MÊMES, FLORA et PÉTERS *apportant une table.*

PÉTERS.

Monseigneur, voici le souper...

CRÉPIGNAC, *coiffant Orphélie.*

Bonne nouvelle... placez la table auprès du feu... et avertissez moussu le Colonel.

PÉTERS.

Oui, monseigneur!.. (*à part*) le voilà qui coiffe l'autre à présent (*il sort*).

FLORA.

Quel bon seigneur!... quel bon seigneur!... il n'y en a pas deux comme celui-là...

CRÉPIGNAC, *à Orphélie.*

Madame, voilà qui est fait...

ORPHÉLIE.

Monsieur... je ne sais vraiment comment vous exprimer...

CRÉPIGNAC.

Dieu! quel dommage pour l'art de la coiffure que je me sois avisé de gagner ce château... quelle perte pour les têtes françaises... comme c'est bouclé... comme c'est analysé ces touffes de cheveux!... Crépignac, mon ami... tu as remplacé sans effort les princes de ce domaine... mais de long-tems, on ne remplacera le perruquier de Strasbourg!

PÉTERS, *rentrant.*

Monseigneur!... voici monsieur le Colonel.

SCÈNE X.

LES MÊMES, FRÉDÉRIC.

CRÉPIGNAC.

Arrivez donc, Colonel.. arrivez donc.. que je vous présente... Madame, voici notre aimable convive...

ORPHÉLIE, *saluant.*

Monsieur...

FRÉDÉRIC, *de même.*

Madame!... (*la regardant*)!...

ORPHÉLIE et FRÉDÉRIC.

Que vois-je?

CRÉPIGNAC, *effrayé.*

Eh donc!... qu'est-ce qu'ils ont donc vu tous les deux!...

AIR *de la Dame blanche.*

ENSEMBLE.

ORPHÉLIE ET FRÉDÉRIC.

Quelle surprise extrême!
En croirais-je mes yeux...
Orphélie elle- / Quoi Frédéric lui- } même,
Est aussi dans ces lieux.

CRÉPIGNAC, PÉTERS, FLORA.

Leur surprise est extrême,
Se retrouver tous deux;
C'est donc { celui qu'elle / celle qu'il } aime
Qui paraît à ses yeux.

FRÉDÉRIC.

Eh ! quoi... c'est vous, madame !...

ORPHÉLIE.

Cher Frédéric, je vous revoi...
Ah ? si vous lisiez dans mon âme...
Que ce jour est heureux pour moi...

FRÉDÉRIC, *froidement.*

Madame, mon cœur vous rend grace.

ORPHÉLIE.

Mais d'où vient cet accueil glacé ?

FRÉDÉRIC.

Il n'est rien que le temps n'efface,
Et de mon cœur l'amour est effacé.

ENSEMBLE.

ORPHÉLIE ET FRÉDÉRIC.

Quelle surprise extrême, etc.

CRÉPIGNAC, PÉTERS, FLORA.

Leur surprise est extrême, etc.

CRÉPIGNAC, *à part.*

La dame paraît contente... et le monsieur paraît fâché... il faut les tirer d'embaras (*haut*). Eh ! donc... madame et monsieur... ne laissons pas refroidir le souper... à table... à table... vous causerez là tout à votre aise !.. (*on se met à table, Orphélie près de la cheminée, Crépignac au milieu, Fréderic de l'autre coté*). Là... voilà ce que c'est.

ORPHÉLIE.

Est-ce le hasard... qui amène monsieur le Colonel dans ce château ?

FRÉDÉRIC, *froidement.*

Oui, madame... Mais oserais-je vous demander quels sont ces vêtements de deuil ?

ORPHÉLIE.

Ce deuil, monsieur le Colonel... c'est celui de mon mari !...

FRÉDÉRIC, *se levant vivement et heurtant la table.*

De votre mari ?... vous êtes libre !..

CRÉPIGNAC.

Colonel... c'est très bien d'être amoureux... mais il faudrait tâcher d'être moins démonstratif... vous avez failli renverser la table...

FRÉDÉRIC, *se rasseyant.*

Pardon, monsieur... pardon!... Croyez, madame, que je partage bien vivement le chagrin que vous venez d'éprouver.

ORPHÉLIE, *à part.*

Je crois qu'il finira par s'appaiser.

CRÉPIGNAC, *les servant.*

D'après tout ce que je vois, colonel, il paraîtrait que l'amour est aussi un de mes hôtes pour le moment.

FRÉDÉRIC.

Monsieur...

CRÉPIGNAC.

Il ne faut pas vous fâcher pour çà... j'ai aussi passé par là... moi... j'ai été amoureux fou... mais, sandieu ! jamais d'une aussi belle personne.

ORPHÉLIE.

Ce compliment, monsieur...

CRÉPIGNAC.

Il est sincère, foi de Gascon!.. j'en jure par ma douce Hélène.

FRÉDÉRIC.

Ah! ah! votre belle s'appelait Hélène.

CRÉPIGNAC.

Oui, colonel... et j'ai même été son Ménélas.

PÉTERS, *à part.*

Hélas!

CRÉPIGNAC.

Qu'est-ce que tu dis?

PÉTERS.

Moi, monseigneur... rien... je soupire, en songeant que je serai peut-être un jour comme vous...

CRÉPIGNAC.

Du vin, drôle...

FLORA.

Voilà, monseigneur!...

CRÉPIGNAC.

Versez-nous...

PÉTERS.

Oui monseigneur?... (*il leur verse*).

CRÉPIGNAC.

Qu'est-ce que c'est que ce vin là?...

PÉTERS.

Du vin du Rhin, monseigneur... première qualité.

CRÉPIGNAC, *buvant*.

Eh! eh! pas mauvais... mais ça ne vaut pas le vin de la Garonne!...

FRÉDÉRIC.

Savez-vous, monsieur, que vous avez, dans ce château, une belle propriété...

CRÉPIGNAC.

N'est-ce pas, Colonel, qu'elle n'est pas trop mal?.. mais quand j'y aurai fait quelques réparations... vous m'en direz des nouvelles... celui qui voudra l'acheter n'a qu'à se bien tenir... je le disais, ce matin, à madame... je ne le donnerais pas pour quatre millions... pour cinq... je ne dis pas... si l'on payait comptant...

FRÉDÉRIC, *à part*.

C'est un extravagant... laissons faire Péters.

ORPHÉLIE.

A ce prix là, monsieur, le château vous restera...

CRÉPIGNAC.

Eh! bien, madame... je le garderai...

PÉTERS, *à part*.

C'est ce que nous verrons. (*haut*) Si monseigneur voulait entendre la chanson du revenant de la grande galerie, à présent.

CRÉPIGNAC.

Eh donc! maintenant que nous voilà en bonne compagnie... je me sens disposé à l'entendre... nos convives l'écouterons peut-être avec plaisir...

FRÉDÉRIC.

Oui... cette chanson me rapellera des temps... madame pourrait la chanter aussi!...

CRÉPIGNAC.

Ah! madame la sait... mais je n'oserais jamais prier madame....

ORPHÉLIE.

Cela me serait impossible...

CRÉPIGNAC.

Ah! cela vous est impossible... chantez donc Flora! chantez, je vous l'ordonne... chantez, vassale!

FLORA.

Oui, monseigneur.

ROMANCE D'ADAM.

PREMIER COUPLET.

N'entrez plus, lorsque vient le soir,
Dans cette galerie immense...
Car on sait qu'un fantôme noir
Y vient faire sa résidence!
Le vieux Conrad, brave et malin,
Un jour caché sous une table,
Vit ce fantôme épouvantable!
C'était...

TOUS.

Eh! bien!..

FLORA.

C'était celui du dernier Châtelain.

TOUS.

C'était celui du dernier Châtelain!

FLORA.

DEUXIÈME COUPLET.

Sur le parquet retentissant
Il traînait une longue chaîne,
Et se plaignait en gémissant
Comme gémit une âme en peine;
Conrad le reconnut soudain,
Cet esprit que l'enfer tourmente
Ce fantôme à l'âme méchante...
C'était...

TOUS.

Eh! bien!..

FLORA.

C'était celui du dernier Châtelain.

TOUS.

C'était celui du dernier Châtelain.

FLORA.

Tout à coup, Conrad entendit...

(On entend le bruit d'une grosse chaîne qui tombe sur le parquet.)

CRÉPIGNAC.

Hein!...

PÉTERS.

Qu'est-ce donc qne ce bruit?

FRÉDÉRIC.

Il m'a semblé entendre...

CRÉPIGNAC.

Et moi... j'ai entendu positivement!...

ORPHÉLIE.

Mon cœur est glacé d'effroi!

CRÉPIGNAC.

C'était le bruit d'une grosse chaîne...

FLORA.

Je suis toute temblante!...

ORPHÉLIE.

Quel mystère!...

PÉTERS, *avec intention.*

Ah!.. je devine ce que c'est... le bruit d'une chaîne... la cuisine est à côté.. c'est la vieille Gertrude qui a demonté le tourne-broche...

FLORA.

C'est cela même... la chaîne du tourne-broche...

CRÉPIGNAC.

Le tournebroche peut se vanter de m'avoir causé une émotion...

FRÉDÉRIC, *gaîment.*

Dans tous les cas, monsieur, je vous propose de boire à la santé du revenant, si c'en est un... et si c'est un vivant, mon épée lui dira le reste s'il ose se montrer.

PÉTERS, *à part.*

Diable! ça ne ferait pas mon compte.

FRÉDÉRIC.

Allons, monsieur... à la santé du revenant de la grande galerie!...

CRÉPIGNAC.

Boire à la santé d'un décédé!.. quelle dérision... mais au fait... si ça ne lui fait pas de bien... ça ne peut pas lui faire de mal... (*il boit*) A la santé de feu monsieur le Baron.

FRÉDÉRIC.

Maintenant permettez-moi de me retirer... madame doit avoir besoin de repos... et moi, je pars au point du jour...

ORPHÉLIE.

Au point du jour, monsieur Frédéric.

FRÉDÉRIC.

Oui, madame...

ORPHÉLIE, *à part.*

Et sans vouloir m'entendre...

FRÉDÉRIC, *à Crépignac.*

Je vous remercie mille fois, monsieur, de l'hospitalité que vous m'avez donnée!

CRÉPIGNAC.

C'est moi plutôt, Colonel, qui vous remercie de l'avoir acceptée. (*A part*) Sans lui, je mourrais de frayeur!.. (*haut*) madame, je suis bien votre très-humble serviteur!...

ORPHÉLIE.

Comptez, monsieur, sur ma reconnaissance...

CRÉPIGNAC.

Péters!... éclairez mousseu... et vous Flora, conduisez madame. (*Péters et Flora prennent chacun une bougie.*

ENSEMBLE.

AIR : *Calmez-vous.*

Bonne nuit (4 *fois*).
Ça soulage
En voyage...
Bonne nuit (4 *fois*).
Loin du trouble et du bruit...

ORPHÉLIE, *à part.*

Cet affront cruel me décide
Oui, je ne veux plus le revoir...

FRÉDÉRIC, *à part.*

Quelle assurance! la perfide!
La fuir!..oui, voilà mon devoir!

PÉTERS, *à part.*

Voici le moment d'entreprendre
Ce que je viens de méditer.

CRÉPIGNAC, *à part.*

Maintenant, qu'ils vont me quitter,
La peur commence à me reprendre.

ENSEMBLE.

Bonne nuit, etc. (4 *fois.*)

(Ils se saluent et sortent.. Péters avec Frédéric et Flora avec Orphélie.)

SCÈNE XI.

CRÉPIGNAC, *seul. Il fait nuit.*

Les voilà partis!... je suis seul dans cette grande chambre qui ressemble à un roman d'Anne Radegriffe!... couchons nous vite pour ne pas donner à la peur le tems de revenir, si toute fois elle n'est pas encore revenue. Comme je suis fatigué, je serai bien vite endormi.. ne perdons pas de tems.. d'abord mon bonnet de nuit... (*Il ouvre son sac de nuit et en tire son bonnet, qu'il met au chantant*).

Un jour de cet automne
De Bourdeaux revenant...

(*S'arrêtant*) Qu'est-ce que je vais donc parler de *revenant!* à présent... ce mot là se trouve donc partout...

Un jour de cet automne
De Bourdeaux *revenu*,
Je vis nymphe friponne
Qui s'en allait chantant.

Bah!... bah!... après tout... les revenans, ce sont des contes absurdes. Et comme a dit moussu le Bailli... ce n'est pas un homme d'esprit qui doit avoir peur.. (*on entend soupirer*) hem... qu'est-ce que j'ai entendu?... j'ai entendu quelque chose? .. (*respirant.*) C'est ma voisine qui aura soupiré... capedebious! il faut qu'elle soit bien malheureuse ou bien amoureuse pour faire des soupirs de cette force là... il faut convenir que la rencontre de ces deux amants dans mon château est singulière... le Colonel a l'air de bouder la veuve, et cependant, quand il a appris que le mari était défunt il n'a pu réprimer un mouvement de joie. (*imitant le Colonel.*) Le deuil de votre mari... (*en s'agitant il heurte une chaise et la renverse en poussant un cri*) Qui va là?... ah!... que je suis sot... c'est une chaise que j'ai renversée... Dieu!... que c'est bête de se faire des peurs comme cela... mais voilà comme je suis, moi... (*il va à la porte de Frédéric*) Colonel!... Colonel! bon soir! il n'y a plus personne... il dort déjà; je l'entends qui ronfle... et moi qui comptais sur lui... heureusement il n'y a rien à craindre... et je n'entends plus que le vent qui murmure à travers les vitreaux du gothique manoir, poëtiquement parlant... (*écoutant*). Je dis le vent... la pluie, et... (*bruit de chaine et musique*). Oh! là, là... cette fois ce n'est plus une illusion... ni le tournebroche de Gertrude! le bruit vint de ce côté. (*il redouble*) On dirait qu'il s'avance... et ce vilain portrait a l'air de s'animer (*le portrait glisse comme un panneau et laisse appercevoir Péters*). Grand Dieu!... qu'est-ce donc que cela?... (*il se cache derrière les rideaux du lit et montre sa tête de temps en temps.*)

SCÈNE XII.

CRÉPIGNAC, *caché;* PÉTERS, *couvert d'une casaque grise ceinte par une corde, avec une longue barbe blanche qui lui déguise la figure et traînant aux pieds une chaine de tournebroche.*

PÉTERS.

Voici l'heure où il m'est enfin permis de venir respirer dans le château de mes ancêtres!

CRÉPIGNAC, *à part.*

C'est l'ombre du dernier châtelain qui vient me tordre le cou... pour avoir un remplaçant!...

PÉTERS.

Du feu!... du feu!... ah! chauffons nous un instant... j'en ai grand besoin... il y a si long-temps que je n'ai vu de feu.

CRÉPIGNAC, *tremblant.*

Il ne vient donc pas de l'enfer!...

PÉTERS, *à part.*

La table est encore là... profitons de l'occasion pour souper. (*haut*) Prenons aussi quelques uns de ces mets, que le hasard met à ma disposition... du vin! oh! buvons... (*il boit*).

CRÉPIGNAC.

Tiens!... ça mange et ça boit les revenants!...

PÉTERS.

Je me sens tout ranimé...

CRÉPIGNAC, *le regardant.*

Quelle barbe, sandieu!... ce doit être le revenant de la première tradition.

PÉTERS, *mangeant toujours.*

Voilà pourtant quarante années que j'erre toutes les nuits dans ce château, il est bien temps que quelqu'un vienne me remplacer...

CRÉPIGNAC, *tremblant.*

C'est pour moi qu'il dit cela.

PÉTERS.

Heureuse cette main si elle pouvait frapper le nouveau maître de ce château...

CRÉPIGNAC.

Oh! la, la... voila juste... la seconde tradition?...

PÉTERS.

Mais que vois-je?.. ces vêtements.. ce désordre.. m'aurait-on entendu?... Et quelqu'un reposerait-il dans ce lit!..

CRÉPIGNAC, *à part.*

Je suis un homme mort!...

PÉTERS, *tirant les rideaux.*

Que vois-je?... que fais-tu là?.. qui es-tu?.. parle?..

CRÉPIGNAC.

Je... je suis...

PÉTERS.

Je ne te connais pas... je ne t'ai jamais vu... qui es-tu... réponds?

CRÉPIGNAC.

Grâce! . . . grâce, moussu le Châtelain... vous croyez peut-être que je suis le nouveau maître du château... pas du tout .. je suis simplement son barbier, pour vous servir, si j'en étais capable...

PÉTERS.

Son barbier!... ô rencontre inesperée! (*s'asseyant*) barbier... fais-moi la barbe!...

CRÉPIGNAC.

Oh!.. la, la.. j'étais sur qu'il allait me demander ça.. monseigneur!...

PÉTERS, *d'une voix sombre.*

La barbe!...

CRÉPIGNAC.

Mais...

PÉTERS.

La barbe, te dis-je?...

CRÉPIGNAC, *à part.*

Il est toujours à son affaire... ce gaillard là! (*haut*) Monseigneur!... puisqu'il faut tous vous dire, j'ai oublié mon rasoir... dans le cabinet de toilette de monseigneur.

PÉTERS, *se levant.*

Eh! bien... ce sera pour demain.

CRÉPIGNAC, *à part.*

Demain!... Dieu me damne s'il m'y rattrape!...

PÉTERS.

Que dis-tu, là... tout bas?,..

CRÉPIGNAC.

Je prie pour le repos de votre âme, monseigneur...

PÉTERS.

C'est bon, je te remercie... mais songe demain à te trouver seul à minuit dans la grande galerie du Revenant pour me débarrasser de cette barbe de quarante ans...

CRÉPIGNAC, *à part.*

Comme elle doit être dure...

PÉTERS.

Si tu as le courage de me raser... ce château sera délivré sur le champ de ma présence... si tu refuses toutes les nuits tu me reverras.

CRÉPIGNAC, *à part.*

L'agréable visiste...

PÉTERS.

Mais garde-toi bien surtout de parler à qui que ce soit de cette entrevue... je te tordrais le cou comme à un poulet!

CRÉPIGNAC.

Je n'ai pas une goutte de sang dans les veines!...

PÉTERS.

Adieu.

(Il agite sa chaîne... Crépignac tombe à plat ventre... Péters lui jette une chaise sur le dos et se sauve ; musique très-forte dans l'orchestre).

FIN DU DEUXIÈME ACTE.

ACTE TROISIEME.

Le théâtre représente une grande galerie, avec une table et des fauteuils gothiques.

SCENE PREMIÈRE.

PÉTERS, FLORA. (*Ils arrivent du fond.*)

FLORA.

Me direz-vous, monsieur Péters, pour quoi vous venez d'ouvrir aujourd'ui cette galerie?

PÉTERS.

Ceci, ma chère Flora, est encore un trait de mon génie. Il me fallait ménager un tête-à-tête, entre mon ancien commandant et la belle veuve, afin de les réconcilier ensemble, et j'ai donné la préférence à cette galerie!

FLORA.

Quoi.. madame la Comtesse a consenti à y venir?

PÉTERS.

Non,.. mais je lui ai inspiré l'idée de visiter cet appartement mystérieux.. Je vais donner la même idée à M. le Colonel.. Ils viendront chacun de son côté, ils se rencontreront.. se parleront sans doute, et peut-être en résultera-t-il un mariage.. qui devrait être fait depuis long-temps!.

FLORA.

Oh!. je ne crois pas. . car, madame la Comtesse est trop humilliée de l'accueil qu'elle a reçu hier de son cousin.. Sa femme-de-chambre m'a dit qu'elle en avait pleuré, une grande partie de la nuit..

PÉTERS.

Raison de plus pour la consoler, cette chère dame... et j'espère y parvenir par un moyen bien simple.. Quand i seront tous les deux dans cette galerie mystérieuse, mada m la Comtesse, qui a les nerfs très-faibles, comme toutes les jolies femmes. . peut avoir peur.. et la peur rapproche les amoureux et une fois rapprochés!. . ça prend.. ça prend!. car, voyez-vous, Flora, un ancien sentiment qu'on a été obligé d'étouffer. . c'est comme une mine qui a refusé de partir. . au premier coup. . Ecoutez la comparaison : supposons que je sois la poudre et vous le feu. . Je ne songe à rien. . vous vous approchez de moi. . approchez-vous de moi encore plus près. . bien!. . vous me touchez. . pan. . je prends. . (*il l'embrasse*).

FLORA.

Eh bien ! Monsieur. .

PÉTERS.

N'ayez pas peur. . c'est l'explosion. .

CLÉPIGNAC, *en dehors.*

Péters!.. Flora!. Péters.. où est-il donc, ce drôle-là ?

FLORA.

Voici Monseigneur ! il vient dans la galerie du revenant.

PÉTERS.

Par exemple. . Je suis bien sûr qu'il nesait pas où il va!..

SCENE II.

LES MÊMES, CRÉPIGNAC.

CRÉPIGNAC, *entrant.*

Flora, Péters!. ah!. enfin je vous rencontre..me direz.. vous, moussu Péters, pour quoi vous ne restez pas toujours auprès de moi, comme je vous l'ai ordonné. .

PÉTERS, *avec l'accent gascon.*

C'est que, Monseigneur!

CRÉPIGNAC.

C'est qué.. c'est qué.. Et vous, mademoiselle la rosière, me direz-vous aussi pourquoi vous empêchez moussu Péters de remplir son devoir en restant auprès de moi.. Je veux toujours avoir quelqu'un auprès de moi.. je suis châtelain, ou je ne le suis pas. .

FLORA.

Oh! vous l'êtes, Monseigneur.

CRÉPIGNAC.

Où sont mes hôtes de cette nuit?.

PÉTERS.

Ils se disposent à partir!

CRÉPIGNAC, *à part*

Partir!. partir! me laisser tout seul dans ce château; au moment décisif. . capédébious, je suis bien tenté de partir aussi moi, sans tambour ni trompette. . Car, du diable si j'ai envie d'être au rendez-vous de cette nuit.. Je n'ose dire mon aventure à personne.. J'avais pourtant songé à mettre le Colonel dans la confidence... mais il est homme à se moquer de moi, et à me fair tordre le cou par son indiscrétion. . Péters!

PÉTERS

Monseigneur!..

CRÉPIGNAC.

Ah! vous êtes là.. C'est bien... Flora.

FLORA.

Monseigneur!.

CRÉPIGNAC.

Demandez à madame la Comtesse si elle veut me donner un moment d'entretien avant son départ.

FLORA.

Ici?

CRÉPIGNAC.

Oui,.. ici,. (*à part*). Je n'ose plus entrer dans ma chambre à coucher.. il me semble que je vois encore ce vilain portrait.. Allez, Flora!

FLORA, *sortant.*

Tout de suite, Monseigneur!

CRÉPIGNAC.

Péters!

PÉTERS.

N'ayez pas peur, Monseigneur.. je suis là!.

CRÉPIGNAC.

Comment, n'ayez pas peur.. qu'est-ce à dire, moussu le drôle. Vous croyez que c'est parce que j'ai peur que je vous garde.. ici.. C'est pour le décorum, moussu.. pour l'étiquette.. En France, les grands seigneurs sont toujours entourés de valets!.

PÉTERS.

C'est comme en Allemagne, Monseigneur!.. Voici tous les barbiers de la principauté.

CRÉPIGNAC, *à part.*

Ils prennent bien leur temps!. (*Haut*). Tenez-vous à la porte en dehors, et attendez-moi... toujours pour le décorum..

PÉTERS.

Oui, Monseigneur!. (*à part.*) Allons trouver monsieur le Colonel. (*il sort.*)

SCÈNE III.

CRÉPIGNAC, LES BARBIERS, *avec leurs plats à barbe...*
(*Ils sont endimanchés. S'avançant en saluant Crépignac.*)

CHŒUR.

AIR *du Barbier de Séville* (Rossini.)

Dieu! quelle gloire
Pour notre histoire,
Et quel honneur pour les barbiers!
Cette province
Voit un bon Prince
Sortir du corps des perruquiers.

UN BARBIER.

Monseigneur et très-cher confrère,
Nous venons vous féliciter
Sur le rang et noble et prospère
Où le sort vous a fait monter!

CHŒUR

Dieu! quelle gloire! etc. etc.

CRÉPIGNAC, *solennellement.*

Mes chers amis, mes chers confrères.. je suis ravi!. je suis enchanté de vous voir, de vous connaître, et je vous invite tous...

LEB ARBIER.

Vive monseigneur!

CRÉPIGNAC.

Oui, je vous invite tous à faire un petit tour dans mon parc, jusqu'au moment où je couronnerai la rosière. Allez.

CHŒUR.

Dieu! quelle gloire, etc.

(*Ils sortent en saluant.*)

SCENE IV.

CRÉPIGNAC, seul.

Grand dieu! quelle nuit je viens de passer! Et qui pourrait dormir dans ce château infernal.. Alexandre et César n'auraient pas fermé l'œil de la nuit..que dis-je?.. Léonidas lui-même, tout Grec qu'il était!.. J'étais brave aussi, moi... du temps que les perruquiers portaient l'épée.. Il y a long-temps.. c'était avant la révolution. Voici la belle veuve, ne nous trahissons pas.

SCÈNE V.

CRÉPIGNAC, ORPHÉLIE.

ORPHÉLIE.

On ma dit, monsieur.. que vous désiriez me parler?

CRÉPIGNAC.

Oui, belle dame, j'ai à vous parler d'une affaire qui nous arrangera tous les deux, je m'en flatte.. et je vais au fait sans préambule. Hier, quand vous êtes arrivée.. je vous ai entendu dire que vous voudriez acheter ce château, pour l'offrir à M. Frédéric.. Vous disiez même que vous donneriez toute votre fortune, pour l'avoir.. Je n'avais alors aucune raison pour me défaire de cette petite propriété.. Mais je m'aperçois que l'air du pays ne me vaut rien; depuis que j'y suis, je dépéris à vue d'œil... et j'ai le mal du pays.. Le château vous convient.. il ne me convient pas.. donnez m'en deux millions, et qu'il n'en soit plus question..

ORPHÉLIE.

Deux millions, monsieur...

CRÉPIGNAC.

Deux millions, madame.. Je sais que c'est pour rien.. Une principauté avec vingt-sept villages de dépendances; mais je veux vous accommoder.. Je suis accommodant de ma nature...

ORPHÉLIE.

Deux millions !.. mais c'est une propriété qui vaut tout au plus trois cents mille florins.

CRÉPIGNAC.

C'est-à-dire.. six-cents-mille francs.. Que ne me demandez-vous aussi de vous la donner pour ce qu'elle m'a coûté (*à part.*) trente francs ! (*haut.*) Je vous la passerai à quinze-cent-mille francs, Madame...

ORPHÉLIE.

Le château ne vaut pas la moitié de cette somme, monsieur.

CRÉPIGNAC.

Voyons.. donnez m'en un million, et n'en parlons plus. (*à part.*) Ça me fera cinquante mille livres de rente... un barbier peut bien vivre avec ça..

ORPHÉLIE.

Quand je suis arrivée dans ce pays.. Monsieur... je croyais le château à vendre, et mon intention était d'en faire offrire ce qu'il a toujours valu, depuis qu'il est isolé de ses dépendances... C'est-à-dire deux-cent-cinquante-mille florins.

CRÉPIGNAC.

Cinq-cent-mille francs ! . La moindre bicoque, sur les bords de la Garonne, vaut cela.. Je le garderai, Madame.. je le garderai.. ou plutôt je le remettrai en loterie. .car j'y mourrai de consomption, c'est sûr ! . .

ORPHÉLIE.

Vous regrettez donc bien la France, monsieur ?

CRÉPIGNAC.

Sandieu !.. Madame.., qui ne la regretterait pas, surtout en Allemagne..

AIR *de Kettly*.

France ! . . heureux climats !
Où le destin m'avait fait naître ;
Pourquoi donc, hélas !
Ai-je si loin porté mes pas !
Ah ! foi de Gascon,
Sans façon,
J'aimerais mieux être

Bourgeois de Paris
Que souverain dans ce pays!

Germains et Français,
Entre vous, quelle différence...
Vos portraits
Jamais
N'ont présenté les mêmes traits...
D'un coté
Bonté,
Mais gravité,
Calme, prudence;
De l'autre gaîté,
Inconstance et légèreté...
Le Français galant,
A chaque instant
Change et varie
Ses jeux, ses plaisirs,
Et ses amours et ses désirs!...
Lorsque l'Allemand
A méditer passant sa vie,
Ne connaît, vraiment,
Que la pipe et le sentiment!
Chez nous à grands flots
Coulent le Bordeaux,
Le Champagne,
Qui, dans un festin,
Fait partir un joyeux refrain...
Ici, c'est le vin
Du Rhin
Que toujours accompagne
Le bruit d'un bouchon
Chassé par le jus du houblon!
Chez-vous tous les jours
Vos vrais amours...
Sont la choucroûte!
Vous vous délectez
Dans ces mets un peu trop vantés.
Dans notre pays
C'est la truffe... coûte qui coûte,
Qui fait des amis,
Et donne à tous le même avis!
Tous les bons Germains
Fêtent les saints
Du romantique;
Mais chez nous on a
Peu de foi dans ce culte là!
Il est par trop noir;
Nous sommes, nous pour le classique
On peut bien le voir
Dans nos arts et dans mon rasoir.
Bref, les Allemands
Aux revenants

N'osent rien dire;
En France souvent
Il en paraît un... à l'instant...
La police en l'air,
Lui dit : qu'il faut qu'il se retire :
Témoin, l'autre hiver...
L'épicier du quartier d'Enfer.
Vous avez par là
Bien des souvenirs de victoire,
Austerlitz... Jéna!
Wagram! Lutzen, et cœtera!
Après ces grands coups
Tous ces nobles champs de la gloire
Sont restés chez vous,
Mais la gloire reste chez-nous.

France! heureux climats
Où le destin m'avait fait naître,
Pourquoi donc, hélas!
Ai-je si loin porté mes pas!
Ah! foi de Gascon,
Sans façon,
J'aimerais mieux être
Bourgeois de Paris
Que souverain dans ce pays.

ORPHÉLIE.

Ce tableau, monsieur...

CRÉPIGNAC.

Une fois... deux fois... madame, voulez-vous de ma baronnie pour un million!...

ORPHÉLIE.

Je vous l'ai dit, monsieur... ce prix est trop élevé... d'ailleurs, en ce moment, j'ai presque entièrement changé d'idée au sujet de cette acquisition.

CRÉPIGNAC.

C'est-à-dire que vous ne voulez plus l'offrir à monsieur Frédéric.., eh! bien, madame... je vais le remettre en loterie... Péters!...Péters!... le drôle n'est plus là... Et je ne pourrai plus me retrouver dans tous ces corridors... je ne sais même pas où je suis ... je ne connais point cette pièce de mon château.

ORPHÉLIE.

C'est ici, monsieur, la fameuse galerie du Revenant.

CRÉPIGNAC.

Je suis dans la galerie du Revenant... madame, j'ai bien l'honneur de vous saluer. (*il se sauve*).

SCÈNE VI.

ORPHÉLIE, *seule.*

Le pauvre homme!... je commence à croire que sa principauté l'embarrasse beaucoup... mais moi-même que ferais-je de ce château à présent que Frédéric a cessé de m'aimer et me traite avec un mépris... oh! c'en est fait... je ne le verrai plus... le devoir et l'honneur m'ordonnent de le fuir! je fus trop cruellement outragée par ses froideurs aujourd'hui... je repars pour Vienne et sans doute dans les plaisirs de cette grande ville!.. il m'eut été pourtant bien doux de passer avec lui, mes jours dans ce château... mais qu'entends-je ? c'est Frédéric!. . . fuyons!.. (*elle s'arrt e*) il n'est plus tems!

SCÈNE VII.

ORPHÉLIE, FRÉDÉRIC.

FRÉDÉRIC, *entrant.*

Ah! ma chère Orphélie!... Louise m'a tout appris... et lorsque je vous accusais de m'avoir abandonné... trahi... vous contractiez un hymen odieux pour sauver mon père... c'est à vos pieds que je dois désormais...

ORPHÉLIE, *l'arrêtant.*

De grâce, monsieur le Baron épargniez-vous des protestations inutiles...

FRÉDÉRIC.

AIR *de monsieur Rogat* (Héloïse).

Chère Orphélie!... ah! par cette froideur,
N'essayez pas d'augmenter ma souffrance:
Ayez pitié des tourmens de mon cœur!...
Et si je fus trompé par l'apparence...
Loin de me fuir, que votre douce voix
Répète encor nos sermens d'autrefois.

Deuxième couplet.

Si vous saviez qu'épris de vos appas,
Et, bien qu'hélas! je vous crusse infidèle,

Malgré ses torts, du moins mon cœur n'a pas
Voulu subir le joug d'une autre belle...
Loin de me fuir, ah! votre douce voix
Répéterait nos sermens d'autrefois.

Troisième couplet.

ORPHÉLIE, *à part.*

Sa douce voix a pénétré mon cœur.

FRÉDÉRIC.

Chère Orphélie?... eh quoi?... votre main tremble.

ORPHÉLIE.

Cher Frédéric?...

FRÉDÉRIC.

Quel mot plein de douceur!...
(*à genoux*) Dois-je bénir le jour qui nous rassemble?

ORPHÉLIE.

Mon ami... mon frère!

FRÉDÉRIC.

Orphélie!...

ENSEMBLE.

Plus de tourment! { puisqu'ici votre / et qu'ici notre } voix
Répète encor les serments d'autre fois!

(Ils s'embrassent.)

SCÈNE VIII ET DERNIÈRE.

LES MÊMES, PÉTERS *d'abord, puis* CRÉPIGNAC *suivi du* NOTAIRE *et des* VILLAGEOIS, etc.

PÉTERS, *les surprenant.*

Mon Colonel... mon Colo... Ah! il paraît que la poudre a pris feu... il ne manque plus que le mariage pour l'explosion.

CRÉPIGNAC.

Par ici... par ici... n'ayez pas peur... c'est la galerie du Revenant... mais les revenants voyez-vous, ce sont des contes absurdes!... (*à part*) Et puis nous sommes en force... d'ailleurs, il n'est visible que la nuit...

CHŒUR, *entrant.*

Air *de Caleb.*

Ici, Monseigneur nous invite,
A nous rendre, dans ce moment
Et nous accourons tous bien vite,
Soumis à son commandement.

CRÉPIGNAC.

Moussu le notaire, placez-vous là. Péters, des siéges pour Madame et moussu le Colonel.

ORPHÉLIE.

Pourquoi tous ces apprêts Monsieur...

CRÉPIGNAC.

Vous allez le savoir, Madame... (*prenant un papier des mains du notaire*) Pardon moussu le garde - notes. (*à Orphélie*) Madame, j'ai réfléchi que ce serait une barbarie à moi de vous empêcher d'offrir ce château à moussu Frédéric...

FRÉDÉRIC.

Qu'entends-je ?...

CRÉPIGNAC.

Oui, Moussu... Madame a l'intention de vous faire ce petit cadeau, parceque... les petits cadeaux entretiennent l'amitié... et j'ai fait dresser l'acte de cession aux prix de trois-cent-mille florins, prix convenu, c'est-à-dire, six-cent-mille francs de France... le voilà... signez... je signerai... nous signerons... vous retrouverez votre château. et vos bons vassaux qui vous aiment de passion... et moi, je retournerai en France, où je n'ai pas de vassaux, mais où j'ai des pratiques, des bons Strasbourgeois que mon absence a dû diablement défriser... les braves gens... quelles têtes à perruques... j'en pleure presque quand j'y songe...

Air *de la Colonne.*

Quand le sort et la loterie
M'on fait maître de ce château,
D'ambition mon âme fut saisie,
Et mon destin me paraissait fort beau...
J'ai maintenant des goûts plus pacifiques;
Reprenons donc, par des penchants nouveaux,
Vous, le cœur de vos bons vassaux,
Moi, le menton de mes pratiques!

ORPHÉLIE, *qui a lu l'acte.*

Eh bien !... monsieur, j'accepte, les conditions que renferme ce contrat, et je suis prête à le signer...

CRÉPIGNAC, *à part.*

Je pourrai donc partir avant la nuit... je ne veux rien avoir à démêler avec les esprits...

ORPHÉLIE.

J'ai signé, Monsieur!

CRÉPIGNAC.

Moi, je signe.. De Crépignac, ex-châtelain, avec ma paraphe..

ORPHÉLIE, *donnant le contrat à Frédéric.*

Mes amis, saluez tous votre maître légitime... Frédéric d'Omsberg, qui rentre dans le domaine de ses ancêtres.

TOUS.

Vive Monseigneur!

CRÉPIGNAC.

Monseigneur !. Ah! ce n'est plus moi..

FRÉDÉRIC.

Mon amie! combien votre sacrifice touche mon cœur.. J'accepte le don que vous me faites..

CRÉPIGNAC.

Il accepte... parbleu !,.. je le crois bien.

FRÉDÉRIC.

Espérant que vous voudrez bien habiter avec moi ce château toute votre vie...

ORPHÉLIE.

Cela peut-il être autrement !.

FLORA.

Voilà donc le mariage arrêté!

PÉTERS.

Et je me vante d'en être un peu la cause. (*à part.*) Le contrat de vente est signé, courrons à mon poste (*il sort.*)

CRÉPIGNAC.

Maintenant, il ne reste plus qu'à me compter les six-cent-mille francs... Je les voudrais en or, si c'était un effet de votre bonté.. attendu qu'en argent, ça serait un peu lourd..

ORPHÉLIE.

J'espère, Monsieur.. que vous voudrez bien m'accorder quelques jours, pour effectuer un pareil paiement.. Je suis en voyage, et il n'est guère possible..

CRÉPIGNAC.

Mais madame.. je n'ai vendu que comptant sur du comptant.. car je veux partir aujourd'hui même...

FRÉDÉRIC.

Qu'à cela ne tienne, monsieur.. Vous allez avoir cette somme à l'instant. Madame me permettra de lui faire cette avance.. Flora, dites à Péters de venir.

FLORA.

Oui, monsieur le Colonel. (*elle sort.*)

CRÉPIGNAC, *à part.*

Comment, le Colonel a de l'argent ici.. dans sa valise.. six-cent-mille francs...

ORPHÉLIE, *à Frédéric.*

Comment se fait-il, mon ami?

FRÉDERIC.

Vous allez connaître ce mystère..

CRÉPIGNAC, *étonné.*

Eh, donc, quel mystère?

CHOEUR.

Air de *la Dame blanche.*

Silence! silence!
Péters avance
Avec l'argent :
Silence! silence!
En verité, c'est étonnant.

PÉTERS, *arrivant avec sa casaque de revenant, sa barbe du deuxième acte et sa chaine; il est suivi de deux valets qui portent une cassette.*

Oui, me voilà, voici l'argent.

CRÉPIGNAC.

Que vois-je? C'est le Revenant!

FLORA.

Quel singulier déguisement!

PÉTERS.

C'est moi qui suis le Revenant!

CHOEUR GÉNÉRAL.

Cette aventure est étonnante,
C'est lui qui semait l'épouvante;
Avec cette barbe effrayante,
En vérité, c'est trop plaisant!
Péters était le Revenant
Oh! c'est charmant! oh! c'est charmant!

PÉTERS.

Cette aventure est étonnante!
C'est moi qui semais l'épouvante
Avec cette barbe effrayante;
En verité, c'est très-plaisant:
Oh! oui! j'étais le Revenant.
Oh! c'est charmant! oh! c'est charmant!

CRÉPIGNAC.

Qu'est-ce que cela signifie, monssu Péters?.

PÉTERS, *avec l'accent, ôtant sa barbe.*

Cela signifie, Monseigneur, que voici une barbe que vous n'avez pas osé faire.

CRÉPIGNAC.

C'est-à-dire, que vous vous êtes joué de moi.. Oh! mais.. ah!.. c'est un vilain tour.. et si je l'avais su.. je n'aurais donné mon château pour si peu de chose..

FRÉDÉRIC.

Rassurez-vous, Monsieur... je vois que l'on s'est servi d'un stratagême pour vous forcer à céder cette propriété... mais je ne profiterai point de l'embarras où l'on vous a mis.. et je remplirai les engagemens que vous croirez devoir nous imposer..

CRÉPIGNAC.

A la bonne heure?

PÉTERS.

Ah! ça, monseigneur... puisque vous redevenez moussu tout court.. je n'ai plus besoin de parler gascon.

CRÉPIGNAC.

Ah! flatteur.. c'est égal, je suis bon prince.. c'est-à-dire, j'étais bon prince.. et je te pardonne.. Je veux pourtant finir en châtelain.. si monsieur le Baron d'Omsberg, Monseigneur, veut bien me le permettre..

FRÉDÉRIC.

Faites, Monsieur..

CRÉPIGNAC.

Eh! bien, je doterai la Rosière.. la belle Flora, et vous la couronnerez.. Qu'est-ce que je dis-donc, moi.. je me trompe.. je veux dire.. je couronnerai la Rosière, et vous la doterez!

FRÉDÉRIC, *riant.*

C'était bien mon intention!..

CRÉPIGNAC.

Hâtons-nous donc de procéder à la cérémonie, afin que je puisse me remettre en route.. De pauvre prince, je deviens millionnaire, et sandieu!.. l'un vaut bien l'autre...

CHOEUR GÉNÉRAL.

AIR *de Lidda* (final).

Livrons nos cœurs à l'allégresse !
Chantons, chantons notre seigneur !
Et bénissons, dans notre ivresse,
Ce jour si doux pour notre cœur.

CRÉPIGNAC, *au public.*

Il est une autre loterie :
C'est le théâtre... où, plein d'espoir,
Malgré la chance qui varie,
On fait sa mise chaque soir.
La loterie en Allemagne
N'eut jamais les mêmes effets;
Car ici toujours l'auteur gagne
Quand vous prenez tous les billets.

FIN.

www.ingramcontent.com/pod-product-compliance
Ingram Content Group UK Ltd.
Pitfield, Milton Keynes, MK11 3LW, UK
UKHW020324220726
13923UKWH00003B/1357